après Gerda

L'éditeur remercie très chaleureusement Benoît Laudier
de l'avoir mené jusqu'à Pierre-François Moreau et Gerda Taro.

L'auteur, pour sa part, tient à remercier tout particulièrement : Antoine
Novat, Sébastien Dosseur, Gilles Le Mao,
Stéphane Jourdain, Benoît Laudier, Thierry Marignac,
l'artiste connue sous le nom de Miss.Tic, Hoda Fourcade.

BIBLIOGRAPHIE SÉLECTIVE

La Soif, Éditions la Manufacture de livres, 2017
Les Mal Passés, Jean-Paul Rocher Éditeur, 2001
Vertige de l'inaction, Jean-Paul Rocher Éditeur, 1999

ISBN : 978-2-37385-079-6
Dépôt légal : mai 2018
Conception graphique : Sandrine Duvillier
Photo de couverture : Robert Capa, *Gerda Taro at a café*, Paris, 1935-1936

Les Éditions du Sonneur
5, rue Saint-Romain, 75006 Paris
www.editionsdusonneur.com

après Gerda

Pierre-François
Moreau

LES ÉDITIONS
DU SONNEUR

JE SUIS MORT MAIS JE M'OBSTINE, dit un refrain irlandais. Dans le reflet du miroir, au bar des secondes classes, j'ai l'air d'un cinglé : teint blême, costume froissé et cheveux en bataille. Je me reconnais à peine. Ma légende a une haleine chargée et mon regard divague. Une gueule de livre de condoléances. À vingt-trois ans, déjà vieux, déjà veuf.

En paquebot ivre, je m'accroche à la rançon de ma célébrité ; un double cognac, la énième tournée d'un camarade passager. Je suis ce type sur qui on écrase une larme pour la révolution. Sous l'effet du roulis, la conversation chavire. La guerre, l'Espagne et son train de massacres sombrent dans l'abysse atlantique.

Nos verres sont vides, j'allume une cigarette et ma voix se désole en franco-hongrois mâtiné d'anglo-espagnol… Je le fais exprès, je suis une légende. En dépit de ce sabir, tout le monde a bien compris que je n'ai que vingt-cinq dollars en poche pour conquérir l'Amérique.

Je connais d'avance la réponse.

– Non, camarade Capa, celle-là, c'est pour moi ! Hé ! Garçon, la même chose !

Le bonhomme se penche vers sa femme, lui chuchote un mot à l'oreille. La dame pince un peu les lèvres, mais ouvre son porte-monnaie. Une coupure de vingt dollars apparaît sous mon nez.

Les garçons du Dôme me surnomment l'emprunteur de génie. Le Dôme du boulevard Montparnasse, un îlot pour réfugiés de l'Est dans une ville hostile. Il y flotte une odeur de saucisse grillée noyée dans le muscadet jusqu'à une heure tardive. Un abreuvoir joyeux assez peu fréquentable. L'ami Csiki dit : le rendez-vous des hirsutes et des poupées miteuses.

– Pour la cause, murmure la femme.

Merci pour elle. J'empoche le billet de vingt. C'est vrai, je truande, entourloupe, déménage à la cloche de bois. Rue Lhomond, je n'avais pas de quoi payer la piaule de cet hôtel minable, et mon compère Weisz, qu'on surnomme Csiki, non plus. Les gars de Pest sont des voyous, un travers pas bien méchant que Gerda m'a souvent reproché. Au marché de Mouffetard, j'ai failli me faire poisser comme un voleur de pommes, ce qui m'aurait valu une reconduite à la frontière hongroise avec pour horizon un bataillon disciplinaire et la férule militaro-fasciste de l'amiral Horthy.

La dernière fois que j'ai remis les pieds en Hongrie, ma terre natale, c'était à l'été 1931 pour y renouveler mon passeport valable dix ans. Les autorités poussent la mauvaise graine, la jeunesse insoumise, à se carapater. Je suis un pacifiste dans l'âme. Comme je l'entends souvent : ces réfugiés qui débarquent de l'Est, c'est tous des anarchistes.

En six ans, mon passeport a vieilli. Il est crasseux, recollé avec une bande de scotch toute jaunie. Trop de frontières, de barrages, de suspicions. J'ai glissé à l'intérieur ma lettre de recommandation à l'en-tête du bureau parisien du magazine *Life*. Si, en certaines circonstances, ce genre de feuille vaut un passeport diplomatique, en d'autres, c'est un billet d'ordre d'exécution sommaire. Pour l'heure, je trinque à la vie, à la mort. Seules les distractions nous empêchent de mourir.

Le bonhomme qui arrose ne se lasse pas de raconter les nuits de Montparnasse, Pigalle, le bal Tabarin, la brasserie Graff, le Sphinx, le Chabanais… Il fredonne la chanson du bordel de *L'Opéra de quat'sous*. Il a déjà la nostalgie des blondes à gros nichons et nuques inoubliables, ces danseuses à peu près nues sous la lueur mauve des projecteurs. Sa bonne femme en robe bleu marine à col blanc est plate comme une limande, mais elle tient le porte-monnaie. Un air connu. On trinque à l'enfer d'ici-bas. À la liberté, pourquoi pas. On lève le coude. Traverser l'Atlantique, c'est long.

Le paquebot *Lafayette* entrera demain dans le port de New York. Douze jours de traversée ai-je entendu sans les avoir comptés. Sur un panneau du bar, le calendrier effeuille les derniers jours de ce funeste mois d'août 1937. Et moi, je mime la vie comme d'autres font semblant d'être morts. C'est incompréhensible pareille obstination. Je bois à en mourir, mais je tiens debout. J'ai dit à Ted, qui m'accompagne : parce que c'est elle, la petite Gerda, qui vit en moi.

Ted a baissé les yeux sans oser me contredire, bien trop falot d'ailleurs pour contredire quiconque, l'ami Ted. S'il avait eu un tant soit peu de courage, de volonté, de *cojones* espagnols, on n'en serait pas là. Je n'aurais pas cette sensation atroce qu'on m'a arraché la peau. Tout mon corps est à vif. Dedans n'est que dévastation.

Difficile de raconter comment c'est arrivé, je n'étais pas là. Mais Ted était présent. Il ne m'a épargné aucun détail.

Peu avant Valdemorillo, à une trentaine de kilomètres à l'ouest de Madrid, la route monte vers des vallons arides, un paysage de cicatrices jaunies sans arbre ni abri. Je la connais cette route, elle ressemble à mille autres sillonnées tout au long de ces douze derniers mois à l'arrière de véhicules barbouillés de sigles, de slogans. Rien qu'à fermer les yeux, je me sens bringuebalé par les cahots, les ornières, les cratères.

Sous un ciel crépusculaire, dans une odeur de poudre et d'incendie, la limousine noire chargée d'agonisants s'avance. En bord de route, Gerda et Ted font des signes. Le chauffeur espagnol crie qu'il ne peut pas les prendre.

Mais personne ne l'écoute. Personne n'écoute personne. Les tympans sont bouchés par la journée de bombardements. Les deux grimpent sur le marchepied : « *Vamos!* Vas-y, roule ! » Le chauffeur espagnol a haussé les épaules. Gerda est légère comme une plume et Ted ne fait pas le poids, cet imbécile. La limousine circule sous ce ciel de débâcle tous feux éteints vers El Escorial et son école religieuse transformée en hôpital britannique de campagne. Autour, des chars russes T-26, des camions, des soldats qui se regroupent. Çà et là, des piles de cadavres des bataillons décimés de la 35e Division, des survivants prêts à s'entretuer pour une gourde d'eau saumâtre, des carcasses, des déserteurs, des chevaux, des mules, des entêtés.

En juillet 1937, la bataille de Brunete est présentée par l'état-major républicain comme la grande offensive.

Debout sur le marchepied de la limousine noire qui roule dans l'air chaud de l'été, Ted est blême, et Gerda étourdie par un mélange de jubilation et d'horreur.

Un vrombissement sous le vent bleu de la nuit. Et soudain tombe le feu des bombardiers Heinkel, des chasseurs Fiat…

– Tu dis ça, mais tu n'en sais rien, Robert…

Mademoiselle s'exprime avec distinction, pas comme moi qui cause le plus souvent en macédoine internationale, j'aime dire : en *capanais*.

– Je sais ce que je sais !

– Non, tu n'y étais pas.

Toujours à me contredire. Une vibration de l'air, un joli brin de voix, une musique douce, chantante, au timbre légèrement aigu et un accent pétri d'errances d'apatride.

Gerda parle plusieurs langues ; laquelle est-ce ? Français, espagnol, anglais, allemand, polonais ? Quelle importance, quoi qu'elle dise, je comprends. Elle se dresse sur la pointe des pieds, ses grands yeux clairs me fixent et doucement se ferment.

Sa présence s'évapore.

Son souffle s'est éteint à l'hôpital britannique de campagne d'El Escorial le 26 juillet vers trois heures du matin. Sous l'effet de la morphine, elle n'a pas souffert.

Non, je n'y étais pas. Je m'en veux. Je m'en veux, je m'en veux mille fois. Je n'arrive pas à me consoler, même quand je me dis que ce n'est pas moi qui ai écrit l'histoire. Alors que c'est faux, c'est moi pour une bonne part. Je peux la réinventer, la démentir, la tordre. Dans ma tête, ses yeux sont là à me regarder et sa voix coule en moi comme du sang transfusé. Je l'entends la nuit, le jour, avant que ne reviennent le vrombissement des avions qui chassent et qui mitraillent, l'insoutenable épaisseur d'un incendie d'où je m'extirpe en feu, en eau.

– Allez Robert, oublie un peu la guerre.

Tu as raison Gerda. Ce bruit, ce n'est rien que le vent, un vent de l'Atlantique, un souffle qui nous emporte et d'inlassables vagues contre la coque du paquebot.

– Tiens voilà nos poules, bredouille Ted.

Au milieu d'une foule qui tangue dans le brouhaha du bar des secondes classes, trois filles en manteau à col de fourrure ont le teint livide des réfugiées, mais peut-être sont-elles seulement sujettes au mal de mer.

Ça fait déjà deux ou trois jours que Ted les a repérées, il prétend qu'elles sont juives, mais dès qu'il tente de les approcher, elles lui échappent – ce n'est pas difficile, il a la jambe dans le plâtre. Cette fois, elles ont plus de courage, elles m'abordent.

– Vous êtes Robert Capa ? Le photographe ?

Oui, c'est moi l'attraction, le Hongrois, le métèque, le type qui a vu la mort en face, le célèbre veuf. Le chien fou chargé d'ébranler la conscience du monde, ce monde qui s'en moque ou bien se voile la face.

Photographe, les filles trouvent en général ce métier excitant, affolant, envoûtant. Je ne vais pas leur dire que je me sens de plus en plus comme une hyène.

En Espagne, tout le monde nous suspecte d'être des espions ou de vouloir nous faire de l'argent sur le dos du malheur. C'est tout le contraire, personne ne veut comprendre que ce malheur, on le prend en pleine gueule. La photo enfle, amplifie tout. C'est une sorte de prothèse qui accroît les capacités de l'œil par sa vitesse, sa précision.

La fatigue a creusé mes traits, la faim dans Madrid assiégée me noue encore le ventre. La route de Valdemorillo a fait de moi un orphelin définitif. Et ces trois filles, jeunes et plutôt jolies malgré leurs teints livides et leurs tics au coin de la bouche, me donnent envie de sourire. Je me souviens avoir parié deux dollars avec Ted qu'elles n'étaient pas juives.

– Juives ?

Les deux grandes baissent les yeux, prennent un air vaguement dégoûté, ou simplement consterné, la plus effrontée fait non de la tête.

Je leur ai parlé en français et elles n'ont pas bronché.

– Pardon les filles, je croyais… Alors, pas besoin de photos d'identité pour vos Nansen. Mais désolé, je ne fais pas dans le glamour.

Je suis vraiment bourré pour plaisanter avec les passeports d'apatrides.

Mon physique râblé, mon teint basané et ma gouaille de tête brûlée les impressionnent, les troublent. Elles rient. Elles sont autrichiennes, la plus jeune dit :

– Bientôt américaines !

Elle ajoute :

– Est-ce qu'il va y avoir une révolution communiste ?

Sur une jambe mais avec beaucoup d'aplomb, Ted prodigue la bonne parole. Il promet des émeutes. À Harlem, le mouvement communiste serait en plein essor. Sa remarque tombe à plat et ne fait rire personne, je crois même que ça leur fout la trouille. Elles préféreraient sans doute l'entendre raconter l'Alcazar, le Bagdad, le thé dansant des Champs-Élysées, fermé pour outrages aux bonnes mœurs.

L'aînée se tourne vers moi et murmure sobrement :

– On voulait vous dire… On est vraiment désolés de ce qu'on a appris…

S'ensuit un silence. Long, désespérant.

Elle ajoute en s'étranglant qu'elles ont lu ça dans *Ce soir*, et dans *Life*, à Paris.

Ça ne m'étonne pas, je les vois bien acheter le supplément de *Vu* sur la guerre d'Espagne, quarante-huit pages au cœur de la Révolution, et la semaine suivante le supplément Tourisme, le hors-série Beauté…

– Mettez-nous aussi cette revue d'avant-garde avec la couverture verte !

Allez, sois magnanime Bob, après tout, ce ne sont que trois jeunes filles curieuses qui aiment les journaux illustrés et les télégrammes, les trains rapides et les ascenseurs. Bien sûr, leur curiosité vis-à-vis de ce monde de la vitesse ne les engage que de très loin à participer à une guerre civile. Trois gosses de riches trop désœuvrées pour s'enrôler au Secours rouge ou dans l'Unité de transfusion sanguine, mais qui chaque fois qu'elles en ont l'occasion affichent des opinions communistes. C'est moderne, c'est épatant, quant à aller se faire trouer la peau en Espagne, faut pas exagérer.

Finalement, leurs aveux, leur compassion les embarrassent. Elles nous offrent des sandwiches, un paquet de cigarettes et nous saluent.

Ted n'a pas le cœur à les retenir, à leur raconter la route de Valdemorillo et les bombardements, les corps déchiquetés et la grande offensive de Brunete qui a tourné au massacre.

Même avec sa jambe dans le plâtre qu'il traîne comme une décoration, le jeune louveteau, commissaire politique de l'Unité canadienne de transfusion, n'a pas le cœur à leur détailler les circonstances de l'accident.

Ni à leur susurrer combien il aime leurs yeux ; c'est ce qu'il dit toujours.

Une brève seconde, au milieu des voyageurs, je cherche Gerda, ma blondinette qui virevolte et chante comme un oiseau. Mais l'« alouette de Brunete » s'est envolée. Je ne vois que des passagers qui vacillent, qui penchent lentement d'un côté, puis de l'autre. Une lente oscillation de bain d'arrêt.

Voilà maintenant un mois que c'est arrivé.

Une déchirure dans le ciel.

Moi, je ne suis plus qu'une ombre qui tremble, qui grelotte. En plein mois d'août, dans la touffeur du jour, je bois pour me réchauffer. Je suis mort, mais je m'obstine. Je suis ivre, mais je m'accroche, avec pas grand-chose d'autre qu'une cigarette au bec et cette monumentale gueule de bois qui me tient depuis.

Ted a insisté pour faire le voyage avec moi. Le journaliste procommuniste de vingt ans à peine, le gosse, comme on l'appelait à Madrid, monté en grade dans l'organigramme du Parti à la faveur de la suspicion généralisée, s'en retourne au Canada. Ce commissaire politique de la *Blood Unit* canadienne chargé de surveiller que le sang aux transfusés fût d'un rouge orthodoxe s'est porté volontaire, il est mon infirmier malgré sa jambe dans le plâtre. Je n'aurais jamais dû lui dire que mon père Dezső s'était suicidé après s'être séparé de ma mère et avoir accumulé un océan de dettes de jeu. Ted a craint que je ne me jette au milieu de l'Atlantique, que je ne sombre corps et âme dans le bleu d'encre et d'acier, mais je suis toujours accroché au bar des secondes classes, pied sur la barre de cuivre, à tanguer d'ivresse, du lent roulis, à ressasser des souvenirs que je ne peux noyer.

Autour, la foule des passagers longtemps prostrés sur les chaises et les banquettes s'agite. Des voix crient qu'on aperçoit la côte. Ted se dresse sur ses béquilles et part en claudiquant. Je le suis en titubant.

Sur le pont, l'air frais et salé dérouille ma carcasse, au loin, un trait brunâtre trace une ligne de chance sous une brume d'un gris rose. Au milieu de la cohue qui se presse au bastingage, Rudolf et sa femme Danuta me font une place. Ils n'ont pas trente ans. Lui est berlinois, violoniste et professeur de musique, affublé d'une barbiche à la Trotski. Lorsqu'on s'est repérés au début du voyage et qu'on s'est présentés, il n'a pas tardé à m'avouer qu'à Berlin, on l'avait accusé de distribution de tracts du Parti socialiste ouvrier, qu'on l'avait rossé, et mis trois semaines en prison.

– Ça me rappelle quelque chose, avais-je maugréé.

On s'était très bien compris. Danuta, une Juive polonaise, a toujours vécu en Allemagne, comme Gerda. Elle porte un béret rouge, pointe du doigt la côte, éclate d'un rire joyeux. Voilà que j'ai une furieuse envie de l'embrasser.

Sur le boulevard du Montparnasse, le 1er mai dernier, Gerda a choisi un bouquet de muguet. « Hé ! Mes oiseaux ! Promesse de bonheur pour toute l'année ! » a juré la marchande, une grosse dame en tablier. Gerda en béret rouge a éclaté d'un rire joyeux.

Une année que nous devions passer ensemble, j'avais tout arrangé. Aujourd'hui, tous les bouquets de fleurs sont tressés en couronne.

– Robert, quand on sera installés, viens nous voir à Los Angeles ! crie Danuta.

Je promets, mais je sais que je ne les reverrai pas. J'ai tant d'amis d'un jour. Toute la sincérité du monde ne suffit pas à les conserver. C'est ma vie. Une vie aspirée par un tourbillon d'événements, de ville en ville dont je ne me souviens plus toujours du nom, les échanges sont pourtant vrais et profonds, mais une photo, ça dure quelques dixièmes de seconde, ensuite la relation se grêle, se corrode, se dissout. Adieu, pas de lettres, pas même une carte postale.

Celle que je voulais retenir est partie pour de bon.

– On achètera ton livre ! jure Rudolf.

Je souris. Des pages défilent, un premier livre à l'œuvre. Une idée à laquelle je me raccroche comme au bar des secondes classes. Ce livre sera un survol au-dessus des douze derniers mois de ma vie, de notre vie : nos reportages en Espagne.

Il sera mon mausolée de papier, mon Taj Mahal.

J'entends Gerda me dire, sinon me redire :

– Oui ! Tout ça pour empocher l'avance de l'éditeur et la jouer au poker…

Elle me peint plus noir que je ne suis, alors qu'elle sait que tout ce que j'ai lui appartient.

– N'exagère pas, chérie.

– Tu parles ! Quand ça t'arrange, Gerda Taro, c'est toi.

Une belle emmerdeuse. C'est tout Gerda, les chicanes d'outre-tombe.

Ce livre n'est encore qu'une idée, une pâle lueur au loin dans l'obscurité de ma nuit, le gris plombé de mon âme. Ted y croit dur comme fer, je suis un héros, une légende. C'est comme si c'était fait, qu'il dit. Ce gosse croit au soutien du camarade Staline autant qu'au père Noël. Je vais me démener, c'est sûr, je suis prêt à tout, même les menaces ne me font pas peur.

J'ai des contacts : André Kertész qui vit maintenant à New York avec sa femme Elisabeth, il a été mon mentor à Paris ; Léon Daniel de l'agence Pix, dont le frère Henri a été mon agent à Berlin ; Wilson de *Life* que je ne connais pas encore, mais lui me connaît. Oui, j'ai toute une liste.

Ce livre sera notre enfant. L'un de ces enfants de la guerre. On en a tellement vu, tellement photographié, à Valence, à Madrid… Un peu partout, en Espagne, en France, des deux côtés de la frontière. Un orphelin né des désillusions, des décombres, de la mort à l'œuvre.

Je demande à Rudolf comment on dit ça en anglais.

– *Death in the making*, répond-il.

Comme titre de livre, ça me va.

Je sais pourquoi ma noiseuse me dit : « Quand ça t'arrange, Gerda Taro, c'est toi. »

Nos premières photos d'Espagne d'août et de septembre 1936 ont toutes été signées Robert Capa, avec l'assentiment de Lucien Vogel, le rédacteur en chef de *Vu* pour qui on couvrait le casse-pipe espagnol.

Robert Capa est un pseudonyme, un personnage fictif ; oui, je m'appelle Endre Friedmann. Et j'ai dit à Gerda, comme pour justifier cette signature sous ses images : « Capa, ça peut aussi bien être un homme qu'une femme. »

J'aime dire une équipe ou une coopérative.

À mes oreilles, une coopérative, ça sonne révolutionnaire ; comme l'atelier de la rue Froidevaux à Montparnasse que je partage avec David Seymour, dit Chim, et Cartier-Bresson. Une équipe signifie être solidaire. Gerda rédigeait les légendes, les siennes, les miennes, compte tenu de mon orthographe désastreuse, elle doublait les prises de vues avec son Rolleiflex, par sécurité – les films peuvent être abîmés, voilés, définitivement fichus par une seule maladresse, un bain de révélateur à la chimie mal dosée. À quoi s'ajoutent le contexte de guerre, le zèle d'un planton ou bien d'un officier : « Espion fasciste ! » et on vous piétine les rouleaux de pellicule, ou on vous colle contre un mur sans autre forme de procès. C'est sûr, il vaut mieux rester groupé avec les autres correspondants, les photographes, sauf qu'alors tout le monde aura la même image ou pas d'image du tout. Il faut sortir du rang si on veut une exclusivité. C'est de l'équilibrisme, on marche sur un fil. Et puis…

Le jour de l'enterrement, ses deux frères s'en sont pris à moi, j'étais le responsable, le coupable. J'ai mis un marron au plus grand des deux. Je suis un castagneur, qu'on ne vienne pas me chercher. Depuis, la famille Pohorylle déjà offusquée que leur fille ait abandonné nom et prénom pour le pseudonyme de Gerda Taro ne veut plus entendre parler ni de moi ni de ses photos, dont je suis l'initiateur. Et, par la force des choses, le dépositaire.

Ce livre n'a pas besoin de démêler ces histoires de crédit pour le moins confuses, je ne différencierai pas les photos, elles seront côte à côte sans distinction. Et si je peux, j'y glisserai une image de l'ami Chim, par amitié, par connivence.

Je ne me suis jamais opposé à ce que Gerda s'émancipe, signe son travail, ce qu'elle faisait d'ailleurs ces derniers mois, seulement une image *Capa* vaut plus cher qu'une signée Gerda Taro, alors que nous nous trouvions au même endroit, affrontant les mêmes risques, sous les mêmes bombardements. La raison ? Il s'agissait d'une femme, qui plus est une débutante.

Comme on dit à Madrid, *il vaut mieux être la veuve d'un héros que la femme d'un lâche.* Moi, je suis veuf d'une héroïne révolutionnaire et ça me fait une belle jambe.

Son fantôme me suit parce qu'elle aime être avec moi.

– Tu es fou, mais drôle, dit-elle, en me tirant les cheveux.

Mon épaisse tignasse brune, ça lui plaît, « mon poilu » qu'elle m'appelle, ma juive aryenne. Elle est blonde, elle est rousse, elle a du cran, du chien. Tout le monde en est amoureux.

Je ne suis pas un froussard, une lavette comme Ted le Canadien. C'est pour ça qu'elle m'aime. Je vis d'expédients, j'improvise. On dit un débrouillard, un filou, un menteur. Les filles aiment les voyous. Plus tard, ces dames préfèrent les philistins, les médecins, les consolations bourgeoises : bagues et manteaux de fourrure. Je songe à Willi de la bande de La Capoulade, le bar-refuge des socialistes allemands du boulevard

Saint-Michel ; Willi un ancien étudiant de Leipzig, un fils de fourreur qui s'est installé depuis à New York, avec qui elle avait pensé un temps se marier, passagèrement ravie par la promesse d'un manteau.

Lorsque Gerda est partie, elle en a laissé des veufs. Je suis l'officiel sans avoir eu à embrouiller personne. À l'indice du chagrin, c'est moi qui ai fait péter le compteur.

Je sais que, pour une part, ma réputation de photographe de guerre est fondée sur une filouterie. Une filouterie que j'ai malgré moi subie plus qu'orchestrée. C'est arrivé comme ça, sans réfléchir. Les circonstances ont pressé le déclencheur.

Mon *Milicien tombant* n'est pas mort à Cerro Muriano. Pourtant, il est bien mort à Cerro Muriano, mais pas le jour où je l'ai photographié pour la postérité.

Nous étions dans la première semaine de septembre 1936. Je ne sais plus comment s'appelait ce milicien. Juan, Miguel, Antonio, Federico, je ne m'en souviens plus, mais le village s'appelait Espejo. J'ai appris plus tard que ce mot signifie *miroir* en espagnol. Une étrange coïncidence que ce nom, qui reflétait déjà ce qui allait devenir l'image de mes turpitudes et de ma renommée. En un sens, Espejo annonce la rupture à venir avec Gerda, mon renvoi de l'hebdomadaire *Vu*, ma première parution dans *Life*, mon voyage à New York et bien d'autres choses qui ont bousculé ma vie, autant de circonstances qui marquent mon parcours de ces douze derniers mois. À cet instant-là, je suis passé à travers le miroir et mon âme s'en est trouvée noircie. Les joueurs de poker sont superstitieux. J'y vois aussi l'image de ma propre fin.

Espejo se trouve à une quinzaine de kilomètres au sud de Cordoue, à une quarantaine de kilomètres du front. Il n'y a jamais eu de combats à Espejo. Les franquistes tenaient des positions plus au nord, sur le plateau autour du village de Montilla. À Espejo était installé le quartier général des forces républicaines sous les ordres du commandant Joaquín Pérez Salas.

Nous y attendions nos autorisations, une foire d'empoigne. Le front, nous courions après depuis un mois que nous étions en Espagne. Seulement au cours de ces premières semaines d'affrontements, malgré l'euphorie générale, les défaites républicaines s'enchaînaient avec leur lot d'incuries, de trahisons, de massacres. Quelques jours plus tôt, la journaliste française Renée Lafont avait été tuée dans une embuscade plus au nord. Il n'était pas question que la presse se promène sur les lignes. On ne savait même pas où elles se trouvaient vraiment : « Secret militaire » disait le commandant. À y contrevenir, on nous promettait le poteau pour espionnage avec exécution immédiate.

Un après-midi, des miliciens, tous des paysans andalous de la CNT, le syndicat anarchiste, avec qui nous avions sympathisé, nous ont proposé de les suivre à l'exercice. Espejo était niché sur une pointe qui offrait un large point de vue sur la vallée. Gerda et moi avons crapahuté avec la patrouille sur les collines alentour sous un soleil de plomb.

Comme pour nous démontrer qu'ils étaient capables de suivre les ordres de leur commandement, ils ont simulé une attaque. Nous avons fait quelques clichés, moi au Leica, Gerda au Rolleiflex, mais malgré leur enthousiasme, ce prétendu assaut, même vu du fond d'une ravine creusée par la pluie, ressemblait à un jeu de piste des scouts de France.

En fin de journée, nous avons échoué sur un dévers. Au sud se dessinaient des crêtes sous contrôle républicain et devant nous une longue pente de champs de chaume coupé. On s'est assis. Un milicien à grande gueule qui ponctuait ses phrases d'un « fils de pute » m'a demandé ce que j'en pensais. Est-ce que les lecteurs de mon journal en auraient pour leur frisson ?

– Eh, le Gitan (c'était le surnom qu'il m'avait donné à me voir basané et noiraud comme eux), tu vas voir ! Ça va les dépuceler, tes Parisiennes !

Je n'ai rien dit, mais à mon demi-sourire, il a perçu mes doutes.

– Oh ! Tous les jours, des camarades se sacrifient ! Tu as déjà vu un homme mourir en héros ? Sûr que non, fils de pute ! T'étais pas assez près !

Il savait qu'on nous cantonnait à l'arrière, qu'il n'était pas question de s'approcher des lignes. Regarder la mort en face, ce n'était pas pour les photographes. On se contentait de l'exercice. La mort, lui, il savait ce que c'était. Il pouvait me le prouver.

– Vas-y, j'ai dit, en joueur invétéré, comme on suit au poker en poussant son tapis.

Avec un regard de défi, il s'est levé d'un bond.

– Tu vas voir !

Je me suis agenouillé pour le cadrer en contre-plongée, le calant sur la gauche pour un meilleur effet de dynamique. À droite coulait le dévers de la pente vers le bas de la vallée, l'autre versant au loin, et, en premier plan, lui dans sa chemise blanche barrée par des bretelles, une ceinture où pendouillaient des cartouchières et tout son attirail.

J'ai compté : « Un, deux, trois… »

Afin d'ajouter un peu de véracité à la mise en scène, l'un des gars qui se tenait derrière moi a tiré en l'air. Au bruit de la détonation, le milicien s'est jeté en arrière comme frappé par une balle céleste. Un bond prodigieux. Sa main droite a lâché sa pétoire, crispée de rage et de douleur. Le pompon de son calot a voleté.

– Tu l'as eu ? a demandé Gerda.

J'ai seulement hoché la tête.

Pour éviter le flou, j'avais réglé la vitesse au 200e. Et compte tenu de ce réglage et de la lumière rasante de cette fin de journée, j'avais ouvert l'obturateur au maximum, ce qui limitait la netteté du paysage en arrière-plan, ce champ de chaume qui descendait jusqu'à l'autre versant. Le personnage apparaîtrait comme décollé du fond, ce qui suggérerait une impression de surprise et accentuerait sa présence au premier plan.

C'est ce que permet le Leica III, un appareil qui force la vérité. Il est simple, petit, robuste, avec des attaches de courroie sur le boîtier, et se charge avec une pellicule 35 mm, la même que celle des caméras de cinéma. Du matériel parfaitement adapté au contexte de guerre.

Mes connaissances techniques me venaient surtout de ma pratique des brasseries de Montparnasse, de mes études suivies au bar du Dôme au gré de conversations avec des photographes hongrois, allemands ou polonais.

Il y avait là Hans Namuth et Chim, les inséparables, Cartier-Bresson qui avait étudié la littérature à Cambridge, Pierre Gassmann, le roi du labo clandestin, Csiki le malin et toute une troupe d'expatriés en rupture. On jouait les avant-gardes. On en venait à parler d'une École de Paris à la sauce goulasch, de la photographie hongroise comme on dirait le Bauhaus. On s'engouffrait dans la brèche. Mince, étroite, mais une brèche toute de même ouverte par les aînés élevés à l'unanimité au rang de maîtres comme François Kollar, Brassaï, Gisèle Freund et surtout André Kertész et Simon Guttmann de Dephot, mon premier employeur à Berlin.

À voir le milicien le cul par terre, toute la section de la CNT se tordait les boyaux. Évidemment, un autre a tenu à rejouer la scène. J'ai doublé l'image, ce milicien-là s'est ramassé sur la caillasse du champ, mais il rigolait, ce con. J'ai tout de suite senti que ce serait moins bien. Le premier milicien avait du style, l'autre, je ne me souviens pas plus de son nom, était un vrai balourd, rigolard mais balourd. Ensuite, il est resté par terre raide comme un cercueil, histoire de nous prouver qu'il savait mourir. On s'en doutait. Celui qui commandait la section a finalement gueulé que ça suffisait la mascarade. Ça portait la guigne, ces conneries. En repartant, le *fils de pute* m'a jeté un regard de fierté et m'a éructé d'une voix rugueuse que je ne retrouverais jamais un meilleur mort que lui.

Le lendemain ou le jour d'après, les miliciens qui figuraient sur ces clichés sont montés au front. Dans les heures qui ont suivi, toute la section a été massacrée à Cerro Muriano face aux canons franquistes et aux mitrailleuses des mercenaires maures. C'est l'un des officiers du quartier général qui me l'a dit. Je me souviens que j'ai pleuré.

La réalité nous avait rattrapés. Sur la boîte de film, j'ai inscrit *Cerro Muriano* en leur honneur, en leur souvenir, parce que ces gars n'ont rien eu, pas de médaille, pas de cérémonie, pas même de sépulture. Juste morts.

Nous sommes remontés en voiture jusqu'à Tolède, conduits par un chauffeur espagnol. Une rumeur courait. L'Alcazar, où s'était retranché un millier de franquistes, allait capituler sous les assauts des miliciens républicains. On la tenait notre première victoire. Mais les forces franquistes arrivées par l'ouest ont repris la ville.

Gerda et moi sommes retournés à Madrid.

Au champ d'aviation, j'ai trouvé un pilote qui emmenait des civils vers la France. Je lui ai remis un sac entier de films. J'ai craint que Lucien Vogel en découvrant la planche contact *Cerro Muriano* n'y voie une mise en scène. Le rédacteur en chef de *Vu* me connaît bien, il m'adore, mais il sait que je suis un petit malin.

Personne n'a rien soupçonné.

Une fois les films développés, *Vu* a publié l'image du milicien dans le numéro du 23 septembre sans autre précision qu'un titre : *Comment ils sont tombés.*

Je n'ai vu la parution qu'à mon retour à Paris à la fin de ce même mois de septembre. Et avec la cruauté qui caractérise ce métier, on m'a félicité, les images de combats étaient si rares, m'a-t-on dit.

La photo a été très peu reprise dans la presse. *Regard* et les autres journaux de gauche, ou d'obédience communiste, français et étrangers, n'en ont pas voulu. Ils la jugeaient défaitiste. Et le *Milicien tombant* ne portait pas l'uniforme de l'armée républicaine mais celui de la milice anarchiste. *Life*, là où il faut être si on veut faire carrière dans le métier, l'a publiée des mois plus tard dans son numéro du 12 juillet dernier, au-dessus d'un article qui titrait : *La mort en Espagne, la Guerre civile a fait 500 000 victimes en un an.* Puis au milieu du mois d'août, dans la double-page qui annonçait la mort de Gerda, la première photoreporter femme tombée au front, avec quelques autres de nos photos.

Le *Milicien tombant* a eu son monument, un sacré monument de fils de pute. Cette photo a beau être une mise en scène, elle raconte pourtant la vérité du sacrifice de ces gars, paysans andalous anonymes qui voulaient une refonte de la loi agraire pour pouvoir manger du fruit de leur terre, de leur sueur. Un champ de chaume coupé, voilà pourquoi ils étaient prêts à mourir. Cette image raconte aussi ce mois de septembre 1936 avec Gerda, notre complicité malicieuse, nos illusions adolescentes. Espejo, le miroir de nos espérances. Un journaliste de *La Voz*, un quotidien madrilène, a parlé de nous dans l'un de ses articles. Pour lui, nous étions presque des enfants, des insouciants plantés debout à photographier sous la mitraille le passage d'un avion au-dessus d'un barrage de miliciens. J'avais vingt-deux ans et Gerda vingt-six.

On y croyait. Comme c'est loin. Mais ce sacrifice, je le revendique comme vrai. Si le livre sort un jour, je veux voir cette image en couverture. Un sacré mensonge qui dit une sacrée vérité. Les circonstances de la prise de vue n'ont aucune importance, je suis le seul survivant.

Je n'avouerai jamais. Gerda et les autres non plus.

Le grand air de l'océan m'a cisaillé, à moins que ce ne soit le cognac. J'ai dormi comme une masse, un paquet. Un sommeil sans rêves ni photogrammes colorés de la guerre où le spectre de Gerda surgit au détour. Ted, avec qui je partage une cabine, se plaint que je ronfle comme un sonneur. Son calvaire s'achève. Ce matin, nous venons de toucher le débarcadère.

New York, comme on dit, est une ville debout, raide à faire peur, mais elle ne m'effraie pas. Quand on connaît les villes couchées, en ruine, en gravats que sont Madrid ou Bilbao, une ville debout, ça requinque. Je suis froissé, j'ai les oreilles qui sifflent. Avec mon costume gris foncé sur ma chemise blanche à rayures et mon pull-over marine, j'ai l'air d'un réfugié, d'un anarchiste en déroute. Mon bagage tient dans un sac, des carnets plus ou moins gondolés. Sur les pages sont collées des planches contacts découpées, numérotées avec au-dessous les légendes tapées à la machine ou rédigées à la main en allemand ou en français de vache espagnole. Il y a aussi les négatifs. Et, au fond d'une poche, j'ai les adresses du bureau de *Life* et celle de l'hôtel Bedford que la blonde du bureau parisien du magazine m'a glissée, l'émotion mal contenue quand son regard clair a croisé mes yeux noirs aux reflets violets ; forcément, elle était émue devant le veuf du jour.

Face aux bouquets de gratte-ciel, je dégrise. J'oublie même la route de Valdemorillo, les jérémiades de Ted qui claudique avec ses deux béquilles et ses fichus discours sur le sacrifice, sur l'injustice de mourir au moment de l'imminence de la révolution mondiale. Je vois bien qu'il n'y croit plus lui-même, mais il fait comme tout le monde, il préfère se mentir que de s'avouer vaincu. C'est juste la honte d'apparaître cynique qui le retient.

Sur la terre ferme, le sol paraît tanguer, un effet secondaire de la traversée ou suis-je toujours bourré ? Les deux sûrement. Je me redresse, aperçois la matrone dans sa jupe vert-de-gris plantée au milieu de la rade. Je crie : « Salut la Liberté ! » C'est infantile, mais le souhait est lancé, que hongrois, je renaisse américain. Autour, c'est l'heure des embrassades, des adieux, je salue Rudolf et serre Danuta dans mes bras. Je sais que je ne reverrai jamais la jeune Polonaise avec son béret rouge. J'en ai photographié des adieux, à la gare de Barcelone, les trains de volontaires vers le front d'Aragon, les hommes embrassaient femmes et enfants avec euphorie. Ils ignoraient l'horreur dans laquelle ils se jetaient.

Ted le béquillard n'est pas si boiteux. C'est pour ça que je ne regrette pas qu'il m'accompagne. Il joue des cannes, écarte le troupeau des passagers. Son passeport canadien et sa carte de journaliste font tomber les barrages, il enjambe avec aisance les formalités, brandit ma lettre de recommandation du bureau parisien de *Life* plus haut qu'un passeport diplomatique et face au *surgeon general,* il me décroche deux mois d'autorisation de séjour du bout de la canne.

« Ici, dis *Life* et tout le monde se plante au garde-à-vous » m'a assuré Ted.

Dehors, on s'engouffre dans un taxi avec deux journalistes que Ted a recrutés au passage. Ils sont américains, ils reviennent de Berlin où ils ont couvert les Jeux olympiques. Avec Ted, on ricane. On a connu un tout autre sport. À Madrid, c'est en taxi qu'on monte au front : « Camarade chauffeur, dépose-nous en première ligne ! » Et on paie même la course.

Mais je suis à New York. Je ne suis pas pressé par la nécessité, trois sirènes qui signalent « avions au-dessus de nos têtes », le sifflement des bombes qui fondent sur le boulevard, l'œil qui cherche au milieu des décombres un trou où se jeter.

Times Square et toutes ses lumières m'étourdissent. J'ai perdu l'habitude des villes illuminées. Instinctivement, je me sens en danger sous ces néons rouges, blancs, qui éclatent en lettres géantes, coulent en pluie gracieuse sur les façades. Pourtant, ce ne sont que des noms de vedettes ou de boissons gazeuses, whisky non frelaté au vrai goût de grain, qui me tombent dessus sans autre menace que celle d'une phénoménale gueule de bois.

Comme je ne parle pas l'anglais, je n'ai pas à me soucier de la conversation des deux journalistes, je n'ai pas envie d'entendre ce qu'est devenu Berlin, une ville que j'ai connue excentrique, délurée. Aujourd'hui, ce n'est plus rien qu'une caserne.

Au croisement d'un carrefour, le chauffeur pointe du doigt l'Empire State Building. J'entends le rire de Gerda, ce rire comme un cadavre exquis, une poésie dada, un travelling que je suis venu prolonger à New York où elle voulait s'installer. Entre les flots, passants, automobiles, bus à impériale, le rêve s'érige, irradie. Gratte-ciel, pylônes dont les sommets disparaissent dans les nuages, dilution à jamais de ce rêve, et je reste ébahi, ballotté entre des sentiments contraires d'écrasement et de légèreté. J'éprouve ce qu'elle aurait ressenti, une connivence qui me fait me sentir deux. Ça me trouble. À cette idée, mon battant cogne plus fort, je ris et sens l'élan de son rire venir doubler le mien.

J'ai beau éprouver ce rêve, mes convictions sont friables. Il faut voir la réalité en face, savoir ce que Gerda était six ans plutôt : une jeune fille distinguée inscrite au tennis, aux rallyes du Jockey Club de Stuttgart, promise à Pieter, riche importateur de coton américain qui roulait voiture. Ses parents, Heinrich Pohorylle et Gisela Boral, étaient de Galicie orientale. Un pays ? Autant dire le grand nulle part dont il ne restait rien que des préjugés qu'on leur renvoyait à la figure. En 1918, la Galicie, anciennement autrichienne, était devenue polonaise par un coup de crayon sur une carte d'état-major. Sauf qu'en 1930 en Allemagne, entre crise et abjection, ses origines juives étaient indépassables. La beauté, la vivacité de ses vingt ans, la famille de Pieter n'en a pas voulu. Elle est partie avec ses parents pour Leipzig où elle a rencontré Georg. Il militait, éditait un journal d'étudiants socialistes. Ses propres frères aussi militaient. En mars 1933, m'a-t-elle dit, des SA en chemise brune firent une descente dans la maison familiale. Ils trouvèrent des tracts, des cartes de syndicat et faute d'alpaguer ses deux frères, elle fut emmenée à la prison de la Wächterstrasse, puis libérée après trois semaines grâce à l'intervention du consul de Pologne. Ensuite, le riche Pieter, par affection ou remords, lui donna de quoi fuir, trouva une voiture avec chauffeur jusqu'à Strasbourg. C'est à Paris, à la fin de l'été 1934 qu'on s'est rencontrés, deux réfugiés lâchés au milieu des autres dans l'hostilité ambiante, la pénurie, sans parler des emplois soumis à la préférence nationale. Dois-je dire qu'elle m'a fait languir ?

J'avais abordé Ruth, son amie de Leipzig, à la terrasse du Dôme, je lui avais proposé de poser pour une photo publicitaire au jardin du Luxembourg ; il s'agissait de savon, une bricole qu'on m'avait commandée. Ruth, une beauté saine, sportive, très allemande, autant que dans le besoin. Elle était venue au rendez-vous, mais accompagnée. Ruth me trouvait bizarre avec ma belle gueule de voyou. Gerda m'a fasciné par le contraste de sa joliesse suave de poupée de luxe et sa maturité distante de bourgeoise cultivée. Elle m'a subjugué. J'étais amoureux. J'avais trois ans et trois mois de moins, faisais figure d'hirsute, de zazou. Elle n'a eu aucun mal à se dérober à mes avances susurrées en allemand de caserne, à mes lettres en français d'analphabète.

Mais la photo nous a unis. Elle me trouvait doué, alors elle m'a proposé de rédiger mes légendes, de devenir mon agent, de soigner ma présentation : passer chez le coiffeur, enfiler un costume dans un tissu anglais cousu par Lotte, l'une de ses amies allemandes. Toujours le chic pour l'élégance et les négociations commerciales. En échange de ses leçons de maintien, j'enseignais à celle que j'appelais « le chef » les rudiments de la photo, qu'elle exploitait dans sa salle de bains, à faire des tirages pour Fred Stein, un photographe allemand réfugié lui aussi, en couple avec Lotte chez qui elle habitait. Je la traînais partout où l'on pouvait s'infiltrer et être rincé à l'œil. J'essayais surtout d'être avec elle. Ça a duré, cette attente, presque une année.

À fréquenter Gerda, j'ai changé. Je devrais même parler de métamorphose. Au tout début que nous étions ensemble, au retour de l'été 1935 passé à camper entre les eucalyptus de l'île Sainte-Marguerite dans la baie de Cannes, j'avais fait des promesses. Je m'y suis tenu. Je me levais aux aurores, rentrais le soir à neuf heures. Finie la vie de bohème. Cartier, Chim,

Fred Stein, Csiki et les autres se foutaient de moi : « Non mais regardez-le ! Effroyablement correct ! » J'avais quitté mes hardes de mauvais garçon de Pest, cheveux en épi et pull-over marin, pour des chaussures cirées, une cravate, un costume coupé sur mesure. « Diablement bien rasé ! Un philistin en costume repassé de frais… » Ils avaient beau jeu. Gerda avait de l'influence, Mademoiselle était une esthète avec manières et éducation. Quant à moi, je l'avais fait engager à l'agence photo de Maria Eisner, elle s'occupait de la vente auprès des éditeurs, je lui avais même obtenu une vraie fausse carte de presse grâce à Irme Rona, un compère de la filière hongroise, devenu à Amsterdam chef de l'agence ABC Press Service. Rona nous avait déjà sortis de la mouise, Csiki et moi, quand un gérant d'hôtel nous avait confisqué nos godasses pour qu'on ne file pas à la cloche de bois.

J'ai tout perdu, mais je vais me refaire. À l'hôtel Bedford, je me laisse flotter dans l'eau du bain à la tiédeur amniotique, je tourne régulièrement entre mes orteils le robinet d'eau chaude pour maintenir la température. J'abandonne ma vieille pelure, je savonne, je frictionne, je fais peau neuve. De l'autre côté de la cloison, Ted râle, comme à son habitude, que cela fait des heures que je trempe, mais je rétorque avec un flegme imparable qu'il doit y avoir une baignoire à un autre étage et une femme de chambre volontaire pour lui frotter le dos. Les commissaires politiques n'ont pas le pouvoir de faire évacuer les salles de bains new-yorkaises.

Beaucoup de gars de la presse descendent à l'hôtel Bedford, un immeuble de grès brun sur la 40e Rue, non loin de l'immanquable Empire State Building. C'est commode parce que près de la gare et des bureaux de *Life* situé dans le Chrysler Building. Je n'aurai que deux pas à faire pour croiser la 5e Avenue, débouler sur Times Square, d'où l'on aperçoit les putes et les maquereaux de la 42e, pour finir devant un verre de rhum et un beignet aux pommes au petit matin, à glisser sur l'échiquier de Manhattan, le long de la diagonale du fou. La baignoire du Bedford a une tranquillité d'édredon.

À New York, j'ai un débiteur. Depuis plus d'un an, l'agence Black Star vend mes photos sur le territoire américain. Black Star, fondée entre autres par deux Berlinois, représente des photographes comme Fred Stein, l'un des amis de Gerda, et Philippe Halsmann qui bénéficie d'une réputation à Paris. Je leur téléphone, mais avec mon anglais de pacotille, je n'arrive pas à m'expliquer. Ted est passé Dieu sait où et la personne qui me répond ne comprend rien à ce que je raconte. Ou le fait simplement exprès.

J'appelle le meublé où ma mère s'est installée dans le quartier où habitent ses sœurs. Elle n'est pas là, mais je tombe sur mon frère qui me demande pourquoi je ne viens pas dormir chez eux.

– Trop de choses à faire…

J'essaie de dresser un tableau des moins noirs de ma situation. J'ajoute que ma longue liste de rendez-vous, *Life* entre autres, ne me laisse pas le temps de souffler. Je l'interroge sur l'état de leurs finances.

Le silence qui suit l'épargne de s'emmêler dans des explications.

– On est fauché, Requin. Viens au moins déjeuner, la Mère l'Oye fera le *lecsó*.

– Pas trop faim en ce moment… Je passerai dans quelques jours.

Je raccroche. *Requin* en hongrois se dit *kapa*. Depuis qu'on est môme, il me surnomme ainsi. Lui, c'est Crocodile. Mon frère m'adore, mais n'a jamais apprécié Gerda qu'il trouvait prétentieuse. De surcroît, elle n'était pas hongroise. « Tu aurais mieux fait de rester avec Eva ! » me surinait-il.

Eva Besnyő était notre voisine de Pest. C'est grâce à Eva que je suis tombé dans la photo. Par sentiments inavoués, dirais-je, j'avais dix-sept ans à l'époque. Elle, vingt et un, lorsqu'elle est partie étudier la photographie à Berlin. Comme je l'enviais ! J'en avais ma claque du régime fasciste hongrois, je voulais tout foutre en l'air et je n'étais pas le seul. J'ai commencé à suivre les meneurs ouvriers, les frondeurs anarchistes, à balancer des pavés sur la police à cheval, avant de me retrouver entre quatre murs à me faire chatouiller les côtes au son de la *Cinquième Symphonie* de Beethoven. Je ne peux plus l'entendre, cette symphonie.

Quand ils m'ont relâché sur intervention d'une relation de mon père, j'ai compris qu'il n'y aurait pas d'autre avertissement. Ma mère aussi. Après les tractations familiales, à jurer de ne pas la faire mourir de honte, elle a rangé deux chemises neuves dans une valise. En plein été, le voyage jusqu'à Berlin via Vienne, Brno, Prague, Dresde fut joyeux mais épique. Une fois à Berlin, mes velléités d'étudiant s'envolèrent. Quoi faire ? La photo m'a semblé un truc facile. Eva, toujours méticuleuse, sérieuse, n'était pas de cet avis. Furieuse de devoir s'occuper de moi, elle m'a fait engager à l'agence de Simon Guttmann comme garçon de courses. Simon est hongrois, évidemment. Il m'a mis le pied à l'étrier, m'a envoyé photographier Trotski à Copenhague, lors de son dernier meeting en Europe. Et puis, Eva m'a annoncé qu'elle partait seule s'installer en Hollande. À Berlin, l'atmosphère commençait à devenir irrespirable. J'ai pris le train pour Paris.

Puis, je téléphone à l'agence Pix.

– Salut, c'est Robert.

– Hein ? Quel Robert ?

– Robert Capa !

– André ! Quelle blague ! Comment veux-tu que je te reconnaisse ?

Léon Daniel est un chic type. Un Français. Son frère Henri a été mon premier agent à Paris. Léon a monté une agence de photos. Il me propose de venir immédiatement.

L'agence Pix est située au 250 Park Avenue, juste derrière Grand Central Terminal. Un portier en livrée me mène à l'ascenseur. L'entrée est hérissée d'étagères et d'armoires en fer avec au fond une chambre fermée d'un double-rideau noir qui pendouille et d'où parvient une forte odeur de révélateur. Léon m'entraîne dans son bureau encombré et fait de son mieux pour que je m'y sente à mon aise. Il fait livrer des bières, des sandwiches. J'ai trop maigri, dit-il. Une fois rassasié, je détaille où j'en suis : une chambre à l'hôtel Bedford, la nécessité d'un interprète pour négocier avec *Life* et dénouer l'embrouille avec Black Star – l'agence m'a pris un quart des bénéfices et a omis d'effectuer le règlement du solde.

Léon aimerait tout savoir, mais il sent que je n'ai pas le cœur à déballer mes souvenirs. Sur le bureau, le numéro du 16 août de *Life* avec en couverture les campeurs du Vermont. À l'intérieur, il y a la double-page sur la mort de la première femme photographe de guerre. Nos photos sont mêlées. Les *dinamiteros* madrilènes en débardeur qui lancent à coups de fronde des bâtons de dynamite allumée ; le bain des enfants orphelins de Valence ; le brigadiste français à Madrid qui scrute à la jumelle ; le *Milicien tombant* de Cerro Muriano, mon simulacre ; trois soldats républicains sous le fronton de la mairie marqué Brunete ; le portrait que j'ai fait de Gerda à La Granjuela, assise par terre en treillis, son béret coiffant ses boucles, tête posée dans le repli du bras, sirène appuyée sur la borne marquée PC, *partido comunal*, limite de commune – quelle blague –, à l'heure brûlante de la sieste qui suspend les combats.

On ne dit rien. Je lève juste mon verre. C'est pour l'individu que la mort est tragique, pour le collectif, c'est une donnée surmontable.

Léon secoue la tête, après mon bref exposé. Il attrape le téléphone, appelle *Life* et dans son anglais fluide expose ma situation. Il parle, parle… Quand il raccroche, le sourire en coin, il dit qu'ils vont me rappeler pour prendre rendez-vous, qu'il viendra avec moi. Il a l'habitude des contrats américains, il veillera au grain et ce serait le diable si je ne décrochais pas une avance contre la garantie d'un minimum de parutions régulières.

Il me demande des nouvelles de ma famille, j'avoue que Crocodile est sur le sable. Il n'est pas doué, mais il est hongrois… Léon rigole tandis que je lui donne le numéro du meublé. L'agence a tout un tas de tirages en carence, de films à développer, le labo manque de petites mains.

Léon appelle Black Star et finit par obtenir que je passe récupérer mon dû au Gray Bar Building sur Lexington Avenue, à deux pas. Il m'escorte. Sur place, Kurt le patron grogne qu'il n'apprécie ni mon style ni ma façon d'agir, j'aurais injurié sa secrétaire – des termes de soudard –, la pauvre enfant en serait restée très choquée. Il me jette un chèque de cinquante-huit dollars que je fais mettre au nom de Léon.

Aussitôt Kurt, avec l'œil aiguisé de quelqu'un qui renifle une conspiration, sort une enveloppe de négatifs et de tirages d'un grand tiroir en fer qu'il lâche entre les mains de Léon. Kurt ne veut plus me revoir, je ne suis qu'un sale opportuniste qui prétend défendre la bonne cause, mais fait des affaires avec les nazis.

– Quoi ?

Léon me retient avant que je ne colle une châtaigne dans la tronche de Kurt. D'un coup de pied, j'envoie tout de même valser le bureau, mais Léon m'attrape, m'entraîne et nous quittons les lieux non sans que la vipère lubrique ne profite de l'étendue de mon soi-disant vocabulaire de soudard.

Léon est un peu contrit, il sait que l'an dernier son frère Henri a vendu sans me le dire plusieurs de mes photos et quelques-unes de Gerda, de Chim, de Namuth, de Reisner au *Berliner Illustrierte Zeitung* et à d'autres torche-culs praguois, munichois, des photos publiées avec des légendes falsifiées qui accusaient Moscou de massacres de civils à Cerro Muriano. Je n'en veux pas à Henri, même s'il est responsable ; à son insu, m'a-t-il juré.

Une fois dans l'ascenseur, Léon rit et m'assure qu'il apprécie mon style, quant à mes manières, je ne suis pas un photographe de salon. Léon a été le chef de l'Associated Press à Berlin, c'est un agent expérimenté, alors je saisis la balle au bond. Va pour l'agence Pix. On se tape la main. À le voir de si bonne composition, je lui soutire dix billets de dix contre le chèque de cinquante-huit dollars, histoire de sceller notre accord… Vraiment un chic type, Léon.

Au bar de l'hôtel, il y a du monde. Des gars du *Los Angeles Times*, du *Miami Herald*, du *Daily Clairon* et autres plumitifs à court d'inspiration. L'endroit a des allures d'annexe de bureau de presse, journalistes et correspondants fument, boivent et refont le monde, le chapeau en arrière. Shanghai encerclé par l'armée japonaise anime les conversations… Et dire que je devrais y être. Ted se tient là sur une chaise, ses béquilles à portée, en costume croisé et chemise à carreaux avec une large cravate rouge qui joue les étendards. Il porte les cheveux plaqués en arrière, ses lèvres épaisses se plissent d'inflexions tragiques. Quelques gars l'écoutent, apparemment plus par révérence que par intérêt, mais quand ils l'entendent lancer : « Ah ! Ah ! Voilà Bob ! » ils fondent sur moi pour me serrer la main.

– Prépare-lui une suissesse, la spécialité de la maison ! crie Ted à pleine voix.

– Rien que du soda, ou presque, rétorque le barman, en forçant un clin d'œil devant mon air perplexe.

J'approuve, constatant que ma réputation m'a précédé outre-Atlantique chez les professionnels du shaker.

Un type me fonce dessus, je crois qu'il éternue, mais non, il se présente. Ted joue les interprètes. C'est un journaliste du *New York World Telegram*. Il a vu la parution du *Milicien tombant* dans le numéro de *Life* de mi-juillet sous le titre : *La mort en Espagne, la Guerre civile a fait 500 000 victimes en un an.*

– Comment fais-tu ? Tu as un truc pour prendre des photos pareilles ?

– Non, dis-je… Pas besoin de truc pour prendre des photos en Espagne. Pas besoin de pied, d'étudier la pose. Les photos sont là, il n'y a qu'à les prendre.

Les gars de Pest sont des voyous, des menteurs, autant que le *Milicien tombant* est mort. Il a peut-être pensé à moi quand le projectile l'a touché.

La suissesse sur un fond citronné nappé de blanc d'œuf a un sérieux goût d'absinthe qui n'est pas sans me rappeler quelques cuites au bar du Gran Vía de Madrid, mais la limonade la rend pétillante et légère comme une patineuse en jupette.

– Tu te considères comme un photographe de propagande ?

Le journaliste m'énerve avec ses questions. Alors je lance :

– La vérité, c'est la meilleure photo. La meilleure propagande.

Ted termine l'interview à ma place, ça a l'air de lui faire plaisir, je n'ai plus rien à dire. Je me rapproche du bar. Par crainte de perdre la main, Willy le barman ne tarde pas à me secouer une deuxième suissesse et à me souffler que, les vendredis soir, la tradition veut que les gars jouent au poker dans l'une des chambres. Évidemment, Ted le boy-scout ne joue jamais aux jeux d'argent. Je lui rappelle incidemment qu'il me doit deux billets pour son pari perdu sur les trois Autrichiennes du paquebot.

Puis chaperonné par Ted, j'aborde la table des filles, salue ces demoiselles. Elles me font des révérences pleines d'excitation, il semble que je les ai troublées avec mes images, le *Milicien tombant* foudroyé sous mes yeux, et les femmes de Madrid, corps frêles et tannés debout en tablier sur les décombres de leur existence, familles en guenilles sur la route de Málaga poursuivis par des avions tueurs, enfants crasseux jouant à la guerre devant leur maison en ruine… Je sais tout ça. À votre santé quand même, Mesdemoiselles !

À la demande des filles, Willy le barman a posé sur le phono un disque de Duke Ellington. Trois d'entre elles se mettent à danser et la plus décolorée, à l'allure rogue et provocante, m'invite avec l'air de vouloir faire la nique à ses copines. C'est une grande blonde assez mince qui me dépasse d'une tête, mais ça n'a pas d'importance, elle danse bien. Elle se colle à moi. Son français n'est pas bon, alors elle glousse.

– Longtemps à New York ?

– Oui, toute ma vie si on se marie, dis-je.

La grande gigue pique un fard, hésite entre rires et incrédulité.

– Oh ! Vous êtes rapide !

– Non, je veux un passeport américain.

Cette fois, elle blêmit. Ses illusions s'envolent. Oui, oui, je vois, paraît-elle dire et elle baisse les yeux. Ensuite, elle s'éloigne comme si j'avais le typhus.

Ted me ramène vers le bar, il affiche une mine de conspirateur et me commande un double scotch. Je grille une énième cigarette avec désinvolture, observant de loin le manège de la grande blonde. Elle paraît regretter de s'être effarouchée, car ses deux copines, qu'elle a manifestement affranchies entre-temps, me font des sourires appuyés.

Sur un ton de dégoût, Ted murmure à voix basse que les milieux d'affaires penchent depuis le début pour les cafards franquistes. International Telephone and Telegraph les soutient, les pétrolières font crédit, la Texas Oil déroute des livraisons d'essence destinées à la République vers les Canaries d'où est parti le général Franco pour mener la rébellion. Le président Roosevelt joue la neutralité sous la pression des conservateurs qui le traitent de communiste depuis ses lois sociales, le secrétaire d'État Cordell Hull n'a toujours pas levé l'interdit des ventes d'armes aux Républicains espagnols, mais des files de camions Ford sont livrées à crédit aux rebelles franquistes…

Tout ça est captivant, mais un peu moins tout de même que le décolleté plongeant d'une auburn en fourreau, apparemment cliente de l'hôtel, qui réclame d'une voix grave son paquet de Moriarty.

Selon Ted, il faut secouer la gauche américaine en pleine torpeur, inconsciente des dangers de la situation internationale, centrée qu'elle est sur la politique intérieure.

La torpeur, je vois très bien de quoi il s'agit, j'ai une étrange sensation de décalage horaire. Je m'attends à tout instant à ce que hurlent les sirènes ou que sifflent les bombes, mais ce n'est que le souffle de Ted à mes oreilles, et les sirènes lointaines ont du swing. Je me surprends à chercher Gerda des yeux, et je grimace à ne sentir qu'un vide irrésolu.

Quand me revient aux oreilles le feu des conversations et des rires, Ted gronde entre ses dents :

– Hé, Bob, l'American Legion, voilà un sujet ! Tu saisis ? Il faut utiliser la presse pour faire pression !

Le parti communiste américain rassemble des volontaires pour partir combattre en Espagne et contredire la neutralité du gouvernement. Je sais, j'en ai rencontré là-bas…

Ted se tait. Boit une gorgée de scotch et poursuit son laïus en anglais avec un journaliste venu se flanquer à sa droite. Je ne comprends rien, mais ne l'interromps pas, je laisse filer. Ted dit soudain en français :

– Hein, Bob ! D'accord ?

Faute de savoir de quoi il parle, j'esquisse un sourire d'approbation. Je suis sauvé par le gong, l'auburn en fourreau, sa Moriarty au bec, me demande du feu en français avec un féroce accent canadien.

La fille souffle doucement sa fumée, ondule du coin des lèvres un sourire aguicheur, me demande si, moi aussi, je suis de la presse. Comme j'approuve d'un hochement de tête, elle soupire qu'il n'y a pas mieux pour ne pas tenir ses promesses.

Autour du phono, des mains se disputent sur le choix des disques de swing. « *¡No pasarán!* » lance Ted qui s'impose dans cette mêlée. Fier de son cri de guerre, il lève son verre, agite sa cravate rouge. Et il y en a pour l'applaudir.

La belle auburn en décolleté l'observe, puis grimace.

– Un vrai nid de communistes, maugrée-t-elle en tirant sur sa Moriarty.

– Surtout lui, dis-je en désignant Ted. Un vrai héros du Peuple, ajouté-je pour appuyer sur ses états de service.

Ted le commissaire politique de la Blood Unit répétait à l'envi qu'en Espagne, c'étaient les communistes qui avaient la meilleure discipline, la plus organisée, la plus saine et qu'il fallait que tout le monde s'y plie, accepte leur commandement pour la durée des opérations parce que, dans la conduite de la guerre, c'était le seul parti, le seul programme qui inspiraient le respect. Cette profession de foi, je l'ai entendue mille fois, mais au moment fatidique, à Brunete, en ce triste jour de juillet, cet idiot de Ted n'avait pas respecté l'ordre du général Walter qui commandait l'attaque et qui ne voulait pas voir de journalistes près de la ligne de front.

C'est fou comme certaines idées me donnent envie de me bourrer la gueule. Et le jeu de cils de la Canadienne en fourreau noir ne fait rien que différer de quelques fractions de seconde la sensation de solitude.

Elle me demande mon âge.

– Vingt-trois, dis-je à voix basse.

Vingt-trois années de dingue. Je sens confusément qu'elle ne me croit pas. Je fais vieux. Je suis vieux puisque ma vie est déjà derrière moi.

J'entends :

– Coïncidence…

Elle susurre ce mot en détachant chacune des syllabes, ajoute que c'est le numéro de sa chambre et assure que ce n'est pas un mauvais numéro, puis s'éloigne en saluant à la ronde pour bien montrer qu'elle remonte seule.

C'est à ce genre de détails qu'on s'aperçoit qu'ici, c'est la paix : les convenances. Avec la guerre, on perd le sens des bienséances. Moi, j'ai seulement de la pudeur. Ça étonne souvent les gens que je sois comme Buda et Pest réunis, mi-bohème mi-prude. Buda la convenable, Pest la frondeuse. Buda la sobre, Pest la saoule. Henri le fils de famille Cartier-

Bresson, un nom qui sonne comme celui d'un comptoir de change de la rue Cambon, le dirait. Il me connaît bien Cartier. Pour lui, le *Milicien tombant* est une image pieuse, une icône anarcho-pacifiste. Je suis une sorte de révélateur, un iconogène anar. Mais je ne crois plus en rien, je reste réfractaire aux convenances bourgeoises et je hais la guerre. Je n'ai pour elle aucune fascination, sinon de la compassion pour ceux qui la subissent. C'est peut-être bizarre d'être reporter de guerre et pacifiste, mais c'est ainsi.

Pour l'instant, à voir balancer cette croupe en fourreau qui s'éloigne, je ne ressens rien, aucune explosion dont le souffle apaiserait ma brûlure, je vois une ligne fluide, une nuque finement duvetée, pour le reste, c'est un désir enfui. Quel âge a-t-elle ? Trente-cinq ans, peut-être. Elle paraît moins, le signe qu'elle n'a pas beaucoup souffert.

Ted s'approche, Lazare ressuscité, sautillant sur une jambe. Adieu les béquilles ! Il m'agrippe d'une main, empoigne de l'autre le rebord du comptoir. Marmonne que le mari est à Baltimore jusqu'à demain soir… Il laisse planer le doute, une suspension équivoque, tord sa bouche en un rictus d'appétit et désigne d'un mouvement de tête le fourreau qui marche à petits pas sous la lumière fauve.

– Fallait la faire danser, mon petit Ted.

– Salaud…

– Vingt-trois, c'est son numéro de chambre.

À ces mots, j'éprouve une sensation étrange, une sensation perdue depuis des semaines, celle d'être repassé au présent.

Finalement, je suis comme Ted, Lazare ressuscité qui avance sur une jambe. Ça y est, je suis à New York. Je glisse doucement une main dans ma poche, j'y sens mon petit paquet de dollars. Ce n'est pas avec ça que je vais tenir.

– André, tu es drôle, mais trop plein d'illusions, disait Gerda.

Ça voulait dire *idiot*. Réinvente-moi, j'ai dit. Et elle m'a soufflé de m'appeler Robert. Robert Requin, Robert Capa, photographe américain. Foutaise, avais-je pensé sur le coup.

Mais non, Capa est chic, Capa est riche, Capa est mondain, Capa est américain. Pour surnager dans ce monde, il faut être américain. Et si on ne l'est pas, il faut le faire croire.

Je lui passais tout, même de changer mon nom.

Ça y est, je suis à New York.

Willy le barman, avec la prévenance d'un conventionnel de Genève, me glisse sous le nez une assiette de sandwiches, pain de mie, jambon, cheddar, concombre et gros cornichons. Je mange. J'en oublie le numéro de chambre de l'auburn en fourreau. Je m'en fiche.

Ted est monté conspirer dans sa chambre. Je l'y rejoins. Il s'affaire devant une grosse radio, secondé par le correspondant du *Daily Clairon* et deux filles peu disposées à jouer les potiches. Je leur bafouille un anglais de mistoufle, d'une indigence de réfugié, mais qui les fait rire. Une main finit par trouver un programme musical, je fais danser une certaine Lilou qui, faute de conversation, ondule ses arguments. La conspiration de Ted est d'entraîner les filles au cinéma sur

Broadway, puis de les embarquer vers une boîte dans le bas de Manhattan. Elles ont l'air d'accord.

Tout le monde sort et je suis la troupe sur le boulevard où la foule baguenaude. Mon œil est attiré par un réfectoire public très éclairé devant lequel des gens font la queue, les serveuses en uniforme d'infirmière campent derrière des bassines en faïence emplies de nouilles, de boudins, de haricots, c'est vrai, je suis à New York, même la soupe populaire étincelle.

Je me retrouve soudain devant un trio d'hôtesses, puis dans un antre noir. On s'installe devant les actualités, images indolentes de fermes modèles, de champs d'orangers, de starlettes en patins, d'un premier atterrissage entièrement automatisé, si j'ai bien compris, réussi par deux capitaines qui, joviaux comme des papes, campent fièrement les bras croisés devant les cadrans et les manettes de leur avion.

Incidemment, me revient le souvenir du premier vol avec Gerda vers l'Espagne en guerre. Lucien Vogel, le rédacteur en chef de *Vu*, nous accompagnait. Sur une panne de moteur, le Lockheed avait terminé dans un champ. Des paysans suivis de miliciens en armes avaient surgi : « Bienvenue en Catalogne ! » Notre premier voyage en terre révolutionnaire avait débuté par un crash, avec pour dommage quelques égratignures sur mes mains. Gerda, une simple bosse.

Un coup de coude. Je sursaute. Ted me fait comprendre que je ronfle plus fort que le bimoteur des deux capitaines.

Je sors prendre l'air. Dehors, la cohue s'est disloquée, il pleut, une pluie drue cloque sur les trottoirs. Je n'ai pas de manteau. Passent quelques taxis jaunes, sur les banquettes arrière des couples d'amoureux s'en vont retrouver leur chambre, leur lit, leurs étreintes. Je titube, sans doute dois-je avoir l'air de quelqu'un qui sort d'un dancing, d'une boîte de nuit. J'ai envie de plonger en eau trouble, tiède et savonneuse, pas sous une pluie battante. La froidure me glace.

J'entre dans un petit bar étroit, un bar pour amoureux, sans bien comprendre ce que le barman en veste blanche constellée de taches et d'auréoles jaunes maugrée. Je commande un café. Dans un recoin, il y a une grosse machine ventrue qui clignote de feux multicolores. Une pièce de cinq cents fait tomber un disque sur le plateau du phonographe automatique.

Au bras de Gerda, l'endroit serait charmant, peut-être même envoûtant, je mettrais un disque qui deviendrait notre chanson, je lui dirais que je l'aime, elle répondrait : « Ah bon ? » le ton enjoué. Quand je lui soufflerais qu'on pourrait s'y marier, elle répondrait : « Je ne crois pas. Ce barman ne m'a pas l'air d'un pasteur. » Pourtant, elle dirait oui quand, menu en main, le serveur annoncerait le plat du jour : fidélité, entraide, secours, libre alliance… On prendrait deux anneaux en supplément à la carte, on signerait le registre et le livre d'or, je paierais l'addition, l'affaire serait entendue. On sortirait, mariage pluvieux, mariage heureux.

Finalement, je retrouve Ted et les autres à la sortie du cinéma. Nous entrons dans une boîte. Sur une estrade, un type joue du piano. La blonde décolorée qui nous accompagne se prénomme Mary et s'impose comme mon interprète personnel. Elle traduit à qui veut mes phrases prononcées en macédoine de langues et me murmure maladroitement ce que raconte l'un ou l'autre.

Ted dit :

– Des armes entre les mains des ouvriers !

Lilou suffoque :

– Ce monde est dingue.

Paul, le correspondant du *Daily*, claironne :

– Les ouvriers ne se mettront jamais ensemble et ils se feront battre !

Mary m'avoue avoir entendu parler des événements en Espagne. Elle a bien lu des choses dans les journaux sur les combats à Madrid, mais elle n'en a qu'une vague idée. Elle ne veut pas entendre parler de la guerre.

Moi non plus, lui dis-je, reporter de guerre est un sale boulot, mais il faut bien que quelqu'un le fasse.

Je présume que je l'impressionne et qu'elle cherche à excuser son ignorance, débordée qu'elle est par l'abattage de la brune nommée Lilou qui ne parle que l'anglais, mais a des compléments thoraciques dont elle joue avec un sens aigu de la cambrure, doublés par le ballant d'un postérieur bien rebondi.

Jouant de sa jupe très courte et de bas roulés au-dessus du genou, Lilou nous dévoile quelques secondes ses cuisses afin de désigner à Ted où se trouve la frontière à ne pas dépasser, à moins bien sûr qu'elle n'y consente. Toujours les mêmes histoires de passeport et d'accréditation. Puis dans le vacarme général, front empourpré, gorge déployée, elle me somme de commander du champagne. Ce que je fais, mais ce mot éteint la brillance charnue de ses lèvres, relègue ses arguties thoraciques à un effet de baudruche. N'est pas Gerda qui veut. Le pétillant californien achève de dénouer le frêle garde-fou de sa pudeur, déficelé de haute lutte par Paul, le correspondant du *Daily Clairon*, avant qu'elle ne disparaisse pour s'en aller vomir. Mary paraît plusieurs fois vouloir battre en retraite, mais il y a toujours une cigarette, une anecdote, une dernière larme de brandy qui la retient. J'entends Ted me reparler d'un défilé de l'American Legion, c'est selon lui un sujet monnayable.

Je ferme les yeux un moment, bain momentané en chambre noire. Puis, dehors, un vent frais fouette ma figure, une stridence écorche mes oreilles : c'est le tramway qui s'arrête.

Un moulin à café barre l'entrée du wagon, le contrôleur à l'uniforme aussi improbable que celui d'un milicien andalou sourcille devant ma perplexité. Au fond, des voyageurs somnolent, une sorte de légion étrangère de la nuit. Mais avant que le garde-barrière n'ait le temps de m'expliquer comment engager la monnaie dans ce fichu moulin, nous sommes déjà rendus. Nous descendons, Ted à mon bras, petit matin sur Times Square.

Dans la chambre, Ted me regarde de cet air attendri et larmoyant de boy-scout qui a manqué à sa promesse de la protéger comme, à Madrid, il m'avait juré de le faire. Il traîne la patte, s'arrête, tangue un peu sur ses béquilles, s'assoit sur son lit. Il transborde une cargaison de remords, de quoi décourager trente-six bataillons.

Il baisse la tête :

– Je l'aimais, tu sais, Bob…

– Merde, qu'est-ce que ça change ?

J'ai envie de hausser les épaules, mais j'allume seulement une cigarette et la lui colle dans le bec avant d'en prendre une autre. Il pleure. Et moi aussi, je pleure comme un con.

Gerda l'avait appelé au matin de ce dimanche 25 juillet de la maison de l'Alliance où, à Madrid, logeaient les correspondants. Elle avait obtenu une accréditation, une voiture, de l'essence, un chauffeur prêt à la conduire à une dizaine de kilomètres de la ligne de front.

Gerda avait dû se démener pour arracher ce sauf-conduit au bureau de presse. Les autorités militaires s'attendaient à une contre-offensive. Au village de Brunete, les forces républicaines qui poussaient sans avancer depuis près de deux semaines étaient à genoux.

Ted avait ravalé sa peur, il s'était soumis aux illusions de son désir : passer une journée avec elle, une dernière, un ultime dimanche de campagne avant qu'elle ne me rejoigne à Paris. Ted avait le vain espoir qu'ébahie par un je-ne-sais-quoi, mais qui n'était sûrement pas de la bravoure, elle ne le quitterait plus, l'épouserait, s'installerait avec lui à Toronto, prendrait l'accent canadien. Pauvre idiot. Ça ne serait pas malin d'en vouloir à Ted.

Autorisée à suivre la XIe Brigade internationale absorbée par la 35e Division, sous le commandement du général Walter, le pseudo d'un Allemand qu'on avait connu à la fin mai au col de Navacerrada, elle s'était rendue presque tous les jours à Brunete depuis le début juillet. Elle avalait à pied les dix derniers kilomètres vers le front, appareils, trépied et caméra à l'épaule.

Ted m'a dit qu'il avait tenté de la raisonner, mais tout était arrivé si vite. Je crois plutôt que Ted s'est soumis à cette folie. Il m'a dit qu'à un moment, elle s'était même dressée du haut de son mètre soixante pour hurler à des soldats qui tentaient d'organiser une retraite de reformer les lignes. Les hommes l'avaient regardée éberlués et avaient regagné leur tranchée. C'est trop beau pour être vrai, trop héroïque. Mais je sais combien la fièvre collective et l'esprit de sacrifice enivrent, aveuglent. On plonge dans le chaudron, on ne mesure plus les risques.

Avec le soir, est venue une accalmie.

Effarés d'être encore en vie, ils ont quitté leur tranchée et sont repartis à pied à travers champs avant de croiser, à son poste de commandement, le général Walter qui avait compris que ces deux-là n'avaient pas respecté son ordre, mais il s'était abstenu de les faire fusiller.

Au milieu des ruines du village de Brunete, un médecin à l'uniforme ensanglanté installait tant bien que mal un blessé à l'avant d'un blindé. Ils l'ont aidé et Ted a fait grimper Gerda sur le char qui a démarré en direction de Villanueva de la Cañada où se trouvait un poste de secours. En fait de poste, c'était avant tout un rassemblement de T-26. Ted a perçu le danger qu'il y avait à rester là, ce nid de blindés était une trop belle cible pour l'aviation ennemie.

À la sortie de Villanueva de la Cañada, a surgi une limousine noire chargée d'agonisants : pas d'autre place à bord que le marchepied.

Avec sa légèreté d'éclopé, Ted n'a pas manqué de me dire qu'elle était heureuse, tellement sûre de tenir un grand reportage. Ted était moins fier, il se serait volontiers contenté de décrire ce dimanche 25 juillet depuis le bureau de presse. C'était la première fois que le journaliste, passé commissaire politique de l'Unité canadienne de transfusion, voyait d'aussi près le feu des lignes. Mais pourquoi lui, le gramophone du couplet sur la discipline de la Nouvelle Armée du Peuple, n'avait-il pas respecté l'ordre du général Walter ? Moi, je ne l'aurais jamais laissée faire, c'est à coups de botte dans le train que je l'aurais ramenée à Madrid.

Ted m'a répété le dernier mot qu'il lui a entendu dire par cette nuit d'été, après cette journée de combats, alors qu'ils étaient juchés sur le marchepied de la limousine noire chargée d'agonisants. Un dernier mot crié entre ses lèvres roses contre lesquelles j'ai si souvent posé les miennes : « Champagne ! » Gerda en avait acheté une bouteille, je ne sais comment. Pour Ted, ça signifiait qu'elle n'irait pas à Toronto, mais rentrerait à Paris avant d'embarquer pour la Chine. Nous devions partir ensemble, j'avais tout arrangé.

Désormais, lorsque je prononce le mot *champagne*, je pense à elle.

Il ne faut pas que je ressasse. Que je triture ma plaie béante. Je dois chasser l'image de la chenille d'un T-26 russe, en embardée, venu percuter la limousine noire que le chauffeur espagnol n'a pas su éviter sous le feu des avions. Sous le choc des tôles, Ted, accroché derrière elle, a volé au milieu de la route. Une fois par terre, il a cru pouvoir se relever, mais sa jambe ne le portait plus.

Des soldats ont surgi de l'arrière d'un camion, l'ont soulevé, traîné vers le fossé alors que l'escadrille repiquait sur eux, que crépitait la mitraille. Et là, il l'a vue. Son buste dépassait de la limousine retournée. Elle hurlait. Le char qui les avait percutés avait échoué plus loin dans le champ, moteur coupé. Sorti de sa carapace d'acier, le pilote espagnol, novice comme toute l'Armée du Peuple, était blême d'effroi.

Les avions sont repassés et tout le monde a plongé dans le fossé pour éviter d'être fauché comme un jeu de quilles. Ted a regardé sa jambe trempée de sang. Il s'est évanoui. Puis, se redressant du fond du goulet caillouteux dans une mare noire coagulée, après avoir crié moitié en anglais, moitié en espagnol : « Où est-elle ? Où est la femme ? », les soldats ont répondu qu'une ambulance l'avait emmenée.

Ted a demandé si quelqu'un avait ramassé les appareils de Gerda, dont un Leica tout neuf qu'elle avait mis en grimpant sur le marchepied entre les mains d'un des blessés, mais les soldats n'en savaient rien.

En bord de tranchée, elle avait mitraillé jusqu'à sa dernière bobine les vagues de Heinkel, de chasseurs Fiat qui bombardaient les lignes, ignorant l'ordre du général Walter qui ne voulait pas voir un correspondant sur le terrain. Même avec le renfort de l'artillerie et des chars, l'officier s'attendait au percement des lignes, à un énième massacre. Le courage de ses hommes ne valait pas grand-chose contre les bombardiers et la mitraille des chasseurs. Gerda n'en a pas tenu compte.

Deux heures après l'accident, Ted a été déposé par un véhicule militaire à l'hôpital britannique de campagne d'El Escorial. Gerda venait d'être opérée. D'après une infirmière, elle s'en sortirait, elle avait même demandé après ses appareils, mais Ted ne l'a pas vue, cloué qu'il était sur sa civière. Et puis, on lui a annoncé l'indicible avant de lui administrer une piqûre de morphine.

Moi, j'étais à Paris avec une rage de dents. C'est au matin du 27 juillet dans la salle d'attente d'un dentiste en ouvrant *L'Humanité* acheté en chemin que j'ai lu l'entrefilet : « La journaliste française Mlle Tarot aurait été tuée durant un combat près de Brunete. » La faute d'orthographe n'y a rien changé. Il s'agissait bien de Mlle Taro. J'avais tiré la Mort du jeu de divination. Ma vue s'est brouillée. Je me suis évanoui. J'ai senti la langue d'un chien me lécher la figure, ce n'était que le dentiste qui appliquait sur mon front un tissu humide. J'ai appelé Louis Aragon à la rédaction de *Ce soir*. Il m'a confirmé la nouvelle.

Transféré au Palace Hôtel de Madrid, devenu hôpital comme tant d'autres, Ted y a traîné deux semaines près d'un phonographe à se repasser la *Cinquième Symphonie*. Heureusement, je n'y étais pas, je l'aurais étranglé dès les premiers accords qui ne m'auraient que trop rappelé mon incarcération à Budapest. Puis, il a regagné Paris en voiture avec Sefton Delmer du *Daily Express* et Herbert Matthews du *New York Times*. Ted le froussard m'a avoué n'avoir jamais eu aussi peur de sa vie. Par atavisme de Grand-Breton, ou alors décervelé par la propagande communiste, Sefton maintenait obstinément sur les routes françaises la ligne révolutionnaire : la conduite à gauche.

Ted m'a fait pitié avec sa jambe dans le plâtre. Pour lui éviter une réclusion dans un hôtel minable de Montparnasse, je lui ai proposé de s'installer une semaine à l'atelier de la rue Froidevaux. Chim était là. Ainsi que Chaya, une amie danseuse que j'avais connue à Berlin. À l'atelier, c'était un défilé continuel de condoléances.

Le corps de Gerda avait été ramené de Madrid via Toulouse jusqu'à la gare d'Austerlitz avant d'être exposé dans une chapelle ardente à la Maison de la Culture de la rue d'Anjou. L'enterrement a donné lieu à une grande messe communiste suivie par des dizaines de milliers de personnes de Saint-Lazare au Père-Lachaise, le jour de ses vingt-sept ans.

Après la cérémonie, j'avais vraiment besoin de fuir Paris. Chaya et son mari Théo m'ont invité à venir passer quelques jours à Amsterdam. Au retour, Chaya a tenu à revenir avec moi, ayant peur sans me l'avouer que je me jette sous le premier train. Chaya était une belle brune douce et compréhensive sur qui Ted avait jeté son dévolu, à lui conter ses malheurs, ses gloires, jusqu'à ce que, saoulée plutôt que conquise, elle se laisse finalement faire. Enfin, Ted et moi sommes partis pour Le Havre par le train, puis avons pris le paquebot pour New York.

Je savais que Ted était un trouillard, qu'il n'aurait jamais été se flanquer là où ça bardait juste pour épater son monde. Je ne lui avais pas fait promettre de protéger Gerda par hasard, je devais rentrer à Paris. Mais je me suis trompé. Je n'ai pas compris qu'il était veule, incapable de résister à Gerda, si heureuse de tenir son grand reportage comme elle lui avait crié. Elle venait d'obtenir ses premiers succès de reporter de guerre avec des photos prises à Brunete début juillet, elle y était accompagnée de Léon Moussinac, le célèbre critique de cinéma de *L'Humanité*, des photos faites sur le terrain des combats et non des reportages sur les hôpitaux, les orphelinats, l'entraînement des volontaires ou les usines d'armement.

L'expression vraie de l'amour n'est pas d'enfermer l'autre, ni de tenter de le contrôler. La liberté, c'est ce qui nourrit le sentiment, sa réciprocité. Il est cruel de constater que la valeur sur laquelle nous tenions à fonder notre union nous a fauchés.

Ted s'est laissé emporter. Il y a pourtant une différence entre être reporter de guerre et se sacrifier. Une fin tragique qui me bouleverse d'autant plus que Gerda et moi devions partir pour la Chine. J'étais rentré à Paris pour tout préparer. Ce n'était pas rien d'avoir obtenu l'accord de Richard de Rochemont, le directeur en Europe de *The March of Time* qui produit des films d'actualité. Elle le savait. Sa volonté d'affirmation a été trop forte. Un orgueil, une obstination dangereuse. Le métier de photographe est une compétition. Éditeurs et agents ne font qu'attiser cette rivalité. Nous étions si nombreux à vouloir témoigner, à courir après *la* photo, *le* cliché absolu. Moi, je l'avais atteint entre autres grâce à un simulacre en forme de coup du sort. Voilà pourquoi je me sens si coupable. Que ce soit inconsciemment ou non, à Brunete, Gerda cherchait vis-à-vis de la profession à nous damer le pion, même si je conçois aussi qu'elle a agi en tant que femme, par affirmation de sa propre liberté.

À NEW YORK, AU CENTRAL TÉLÉPHONIQUE de l'hôtel Bedford, pas de bureau de censure pour relire et couper les articles comme à Madrid. Il y a juste une dame scrupuleuse qui expédie mes télégrammes. J'ai reçu tellement de câbles de condoléances auxquels je n'ai pas répondu. Je sors acheter des journaux illustrés et des cigarettes pour Ted qui chaque jour repousse son retour au Canada. Je dis en rigolant qu'il a tenté de fuir sa vie en allant en Espagne. Ted se mord les lèvres.

Je sais qu'à Toronto il était étudiant, ayant pour seul titre de gloire des articles publiés dans un journal local et pour seule distraction les réunions de cellule. Le son du clairon, les galons de commissaire politique, le Mauser C96 à la ceinture ont une autre envergure.

Au Bedford, il s'occupe, prend des notes pour de futurs articles et rédige son journal personnel dans lequel il décrit Gerda comme une *delicious thoracic creation.*

Je ne tiens pas à en savoir davantage.

À midi, ma porte reste ouverte aux confrères, le journaliste du *New York World Telegram* arbore l'article qu'il a fait sur moi, il y a aussi deux photographes de l'Associated Press et Paul du *Daily Clairon*: le rendez-vous des hyènes autour de bières et de sandwiches. Survient mon copain Ladislaus que j'ai connu à l'agence Dephot de Berlin. Il a reçu mon télégramme. On se tombe dans les bras. Ladislaus a la mine déconfite du réfugié hongrois en cale sèche, il cherche du travail et survit de combines. La routine.

Vissé sur son séant, la jambe plâtrée posée sur un tabouret, Ted dénie l'effondrement des espoirs socialistes, la légende noire du viol des nonnes, l'incendie des églises, la répression menée en coupe réglée par le NKVD soviétique. Son débit d'excité n'occulte pas le masque déprimé de son expression.

– Est-ce que tu t'en es au moins servi?

– De quoi?

Je pointe vers lui l'index et le majeur tendus comme un canon, le pouce relevé en percuteur.

– À toi la parole, camarade Mauser!

Il baisse les yeux. Je crains que son seul fait d'armes ne soit l'exécution d'un camarade déviationniste.

– Tant qu'il y a de la bière fraîche, faut pas désespérer de la révolution, tempère Paul.

Justement, il n'y en a plus, mais je suis à New York. Les gars n'ont pas idée de ce qu'est Madrid: une circulation presque nulle, des terrasses de brasserie rentrées, du café à l'anis sans sucre, des rideaux de fer de magasins à moitié tirés, des étalages vides. En dehors des pois chiches à l'huile d'olive rance, l'illusion sert en général de ravitaillement.

– Mais Hemingway a bien trouvé des écrevisses ! Et mieux que ça même, paraît-il ! clame Paul. Je ne vois pas le bonhomme se contenter d'un verre de café au lait ! Ôte-moi d'un doute, Bob... Que les communistes, les anarchistes, les poumistes se foutent sur la gueule entre eux à Barcelone, c'est pas du tout au nom du dogme socialiste : l'enjeu, le vrai, il faut le dire, c'est le contrôle de l'absinthe !

– Le reste, la politique, c'est rien que pour la galerie, ricane l'un des photographes en français dans le texte.

Ted grimace.

Je descends. Willy le barman m'a à la bonne, il me refile des bières, la causerie avec lui est des plus limitées. Je remonte. Ensuite, plutôt que de tourner comme un requin dans son bocal autour de mauvaises pensées, à ricaner lorsque la Canadienne en fourreau m'ignore au bras de son mari revenu de Baltimore, j'entraîne mon copain Ladislaus à l'agence Pix.

Les présences de Léon, de mon Crocodile de frère devenu préposé aux pinces à linge comblent le grand désarroi dans lequel je barbote. En bon Samaritain, Léon met Ladislaus sur une série de légendes à rédiger contre quelques dollars.

Il a pensé à mon livre et à un éditeur : Covici, un Roumain.

– Un Juif évidemment, dit-il en riant ; un type que rien n'effraie. Et surtout pas le scandale !

Un livre intitulé quelque chose comme *Le Bonheur de la solitude* lui aurait valu une condamnation à mille dollars d'amende pour obscénité.

– Pour l'instant, je m'en passerais bien de ce bonheur.

Léon me regarde, la figure rouge de confusion. Il poursuit, Covici publie de sacrés auteurs : Ben Hecht, un juif new-yorkais qui travaille comme scénariste pour le cinéma.

– *Scarface*, un film de gangsters, dit-il.

Moi aussi, à Paris en 1934, j'ai eu un premier rôle, *Le Tueur au boomerang*, un roman-photo publié dans *Vu*, photographié par Marie-Claude, la fille de Lucien Vogel, le rédacteur en chef.

Léon poursuit que le grand succès de Covici est un certain Steinbeck, un type du Sud qui raconte des histoires de campagnards abrutis ; *Tortilla Flat*, il y a deux ans, et *Des souris et des hommes* qui vient de paraître. Avec un titre pareil, je suppose que ce dernier doit être un livre obscène. On s'en amuse. Non, Steinbeck parle de la Grande Dépression avec beaucoup de simplicité. Un gage pour Léon qu'un livre de reporters de guerre puisse intéresser Covici.

– Je vais l'appeler. As-tu déjà un titre ?

Je soupire, cette année passée en Espagne tient en une expression vue, vécue, éprouvée : la mort à l'œuvre.

– *Death in the Making*, répète Léon, avec approbation.

Puis nous partons dîner, c'est si agréable de parler le hongrois avec mon frère et Ladislaus, de raconter à Léon comment à Berlin Guttmann de l'agence Dephot nous terrorisait. Un vrai fou, Simon Guttmann, rien à voir avec Léon.

Sur le chemin de l'hôtel Bedford, un croissant scintille au-dessus des gratte-ciel entre lesquels passent des oiseaux de mer. Je suis avec Gerda. Mieux qu'une stèle au Père-Lachaise, qu'un carré au cimetière des martyrs de la révolution, j'ai pensé : un livre de guerre ? Non, Bob, un livre d'amour.

Dès le lendemain, je m'active à classer les photos, accompagnées de légendes sèches comme une semaine de sevrage. Dehors il pleut. Léon m'a demandé une première sélection. Dans ma tête, défilent les images de notre année espagnole. Très vite.

Barcelone où nous sommes arrivés au début du mois d'août 1936, deux semaines après le début du soulèvement. La joie, partout on entendait hurler : « Le peuple a triomphé ! » Les embrassades au départ des trains pour le front. Deux enfants et leurs regards de défi debout sur une barricade. Puis, l'Aragon, et la guerre de l'homme de la rue, le danger des embuscades, l'absence de ligne de front. L'Andalousie et ses paysans avec leur trogne, leur espoir, leur silence. Et Madrid, en novembre, où j'étais seul ; la bataille de l'Université au cri de « *¡No pasarán!* » ; les civils qui s'abritaient dans les stations de métro. Puis Almadén et les mines de mercure. La route de Málaga, au milieu des vagues de réfugiés qui fuyaient les bombardements. Et, au mois de mars 1937, le musée du Prado à Madrid, afin de montrer que les Rouges protégeaient les trésors artistiques des bombes franquistes. Bilbao, au mois de mai, dans la ville encerclée, où j'étais seul une fois encore. Oui, Bilbao, la mort à l'œuvre.

La litanie se poursuit. Les femmes dans la guerre, une série qu'a faite Gerda à la même période à Valence, les victimes, la morgue de l'hôpital. Le reportage sur le *Jaime*, le cuirassé de la République à Almería. Les photos très réussies de Gerda sur l'enrôlement dans la Nouvelle Armée du Peuple, les usines d'armement, l'orphelinat. Mes portraits de brigadistes à Madrid. La Granjuela, où nous avons tourné notre premier film commandé par le Service de Presse des Armées, la reconstitution d'une victoire qui avait eu lieu trois mois plus tôt. Ségovie, dans la forêt, et l'offensive enrayée dès le premier jour. Et la dernière image que Gerda a faite en ma présence, à Madrid, au Congrès international des Écrivains début juillet : trois soldats brandissent au bout de leurs baïonnettes trois fanions pris à l'ennemi.

Toutes ces images parlent de nous : complicité, amour, déchirements, retrouvailles, mais sans le dire, sans l'emphase, la maladresse des mots. Juste du blanc, du gris, du noir. C'est ma pudeur, pas d'explications. Les images racontent mieux. Elles disent son absence quand, hors champ, Gerda me manquait. Je repère sa présence, perceptible dans la lueur émue des yeux d'un soldat.

Comment restituer la danse hypnotique que nous avons vécue, emportés que nous étions par les violons tziganes et le sifflement des bombes ?

Ce livre sera brutal, tranchant, blanc, gris, noir. Une lutte, telle que nous l'avons saisie. Pas une ode à la première reporter de guerre tombée au front, à la militante communiste à titre posthume. Pas de lamentations. Je ne veux plus les revoir, ces donateurs de couronnes, prosateurs de funérailles, comités de « l'alouette de Brunete » – comme ils l'ont surnommée –, et autres associations de condoléances. Je repense aux dizaines de milliers d'anonymes morts dans l'indifférence. Je sais que beaucoup étaient sincères, Herbert Matthews du *New York Times*, les amis photographes Hans Namuth, Chim et les autres. Eux ont pensé : non pas de fleurs ! Leur collecte en faveur de la Croix-Rouge espagnole était ce que Gerda aurait souhaité.

Je relève les yeux. Ted est debout dans l'embrasure. Je lui demande :

– Qu'est-ce qu'il y a ?

– Mmm… *Life* n'a toujours pas appelé ?

La journée, puis la nuit, toujours cette sensation.

Ma soif de vivre s'enlise dans l'ornière creusée par une absente. Une alternance de foule, de vitrines miroitantes pleines de tentations, des feux vite contredits par l'obscurité âpre de ruelles hérissées d'escaliers en fer. Je me surprends à répéter qu'il faut me résoudre à cette fatalité. Je ne suis pas à Paris, à Madrid ou dans un simulacre, au Bal Tabarin de la rue Victor-Massé, une salle somptueuse toute rénovée qui ressemble, dit-on, aux théâtres new-yorkais.

Non, je suis à New York : des éclairs blancs, des gouttes tièdes comme seul danger du ciel. Un clochard gratte sa gourme écarlate qui lui poche les joues. De l'arrière d'un gros camion bâché, dévale un troupeau de moutons qui bêle en canon sous le knout du maquignon ; troupe frisée en route vers l'abattoir. J'ai pris le tramway qui longe depuis le centre-ville le bord de l'Hudson, une bonne heure pour accomplir le trajet. Je me suis décidé à passer voir ma mère.

Elle vit dans un meublé du côté de la 94e Ouest qui, d'après Crocodile, sent nettement la pauvreté. Je sais à quoi m'attendre. Au téléphone, elle cherche déjà à contrôler mon inclination pour l'alcool. Elle non plus n'a jamais aimé Gerda : « Je t'en fiche de ses allures distinguées… Une prétentieuse, une égoïste ! » Je l'entends me répéter : « Mon fils, je te l'ai dit, photographe, c'est pas un métier pour une femme ! »

La Mère l'Oye, la protectrice des contes de Perrault, a toujours manifesté à mon égard une adoration démonstrative, sinon abusive, non sans éveiller la jalousie du reste de la fratrie. J'entends aussi sa crainte que je devienne communiste. Tout ça gâche la joie de nous revoir vivants, loin de Pest, sur cet autre continent. La Mère l'Oye, mes tantes, mes sœurs, Crocodile, les voisins, tout le monde est là. On mange le *lecsó* ; après je m'endors. Au réveil, je lui laisse cent dollars et repars sous un prétexte quelconque.

Jewish Harlem ressemble à une ville hongroise provinciale. J'avale l'escalier d'un petit immeuble de briques. Au deuxième étage, je repère une porte marquée *Kertész*. Je frappe, pas de réponse. Derrière moi, une femme sort sur le palier, une enfant pendue au tablier.

– Pas là, maugrée-t-elle en hongrois. En vacances, allez savoir où, on me dit pas.

Je la remercie et me présente : Robert… Non, Friedmann, Endre Friedmann. Elle hésite, me jauge, mon hongrois la radoucit.

– J'ai connu Monsieur Kertész à Paris. Mon maître… dis-je avec un brin de déférence amusée ; je suis aussi photographe.

Elle hoche la tête et je ne tarde pas à me trouver assis bras croisés sur une toile cirée devant un verre de blanc du Danube. Un gaillard se dresse du fauteuil où il somnolait. Il brode deux trois considérations sur la vertu des poivrons marinés et des cornichons, la conversation roule, on croque, on termine la bouteille.

De retour au Bedford, je trouve deux messages. Un télégramme d'Ernest Hemingway en personne. Lui et les autres grognards de la presse internationale m'attendent non sans impatience pour vider la cave de l'hôtel Florida avant qu'elle ne tombe aux mains des cafards. La signature Hemingway impressionne la standardiste. L'autre message est de Léon : bonne nouvelle.

Covici sort tout droit d'un film de Chaplin, petite taille, pilosité nerveuse, moustache hérissée et sourcils en circonflexe. Derrière des lunettes rondes à monture métallique, ses yeux sont vifs, mobiles. Son accent chante, roule sur tous les mots. Il rit facilement, mais très vite, on perçoit chez lui un caractère plus matois que jovial. À son crédit, il sait vivre puisque nous nous retrouvons en début de soirée dans un *wine & liquors* au fond d'une galerie fréquentée qui donne sur Broadway.

Il commande des cigares et des apéritifs tandis que Léon glisse devant lui mes premiers carnets. Les bruits qui bouillonnent sous la voûte de stuc d'où pendent des luminaires brouillent un peu plus son anglais qu'il mâtine de français, de roumain et d'allemand, au petit bonheur. Il le fait exprès, il a compris que je bafouillais un anglais invertébré et s'en amuse. Il me trouve très français, râblé et basané à souhait.

Covici explique qu'il a maintenant un nouvel associé : Friede, que le projet intéresse.

– Ce livre, marmonne-t-il, n'a pas de précédent. Il y a eu des numéros spéciaux publiés par des magazines, mais pas encore de livre de reporter de guerre sur le conflit espagnol.

Il ajoute que sa ligne éditoriale est d'éviter de faire comme les autres.

– Du scandale si j'ai bien compris…

Léon joue les interprètes, Covici rigole et survole les carnets de planches contacts, les tirages. Léon renchérit, la présentation doit s'inspirer des magazines d'actualité.

– Peu de mots, beaucoup de photos.

Covici approuve. La cause républicaine n'est pas qu'une guerre lointaine, il en a la conviction.

– C'est aussi celle qu'avait Mademoiselle Taro, je suppose, dit Covici.

Je hoche la tête. Justement, ses convictions l'ont tuée.

En bon agent, Léon reprend la main :

– Le Leica avec lequel Bob travaille permet d'être vraiment au cœur de l'événement.

Covici admet qu'on est loin des images de la Grande Guerre qui sentent la naphtaline, la pose martiale, la reconstitution.

– Ce conflit est d'un nouveau genre, insiste Léon.

Covici pince les lèvres :

– Une guerre d'images, sourit-il.

Covici sait que la menace d'un nouvel affrontement mondial inquiète. Le succès de *Life* tient en partie à cela.

– Le public suit les événements. Les gens ont été sensibles à la fin tragique de votre amie. La presse en a beaucoup parlé, bourdonne-t-il en me lorgnant de derrière ses lunettes, avec l'air de vouloir s'excuser de sa remarque.

Dans le vacarme général, les allées et venues des clients, j'entends Léon renchérir sur le fait que la mort de Gerda a eu un vrai retentissement.

C'est cruel, c'est ainsi.

– Il faudrait prévoir une exposition. Qu'est-ce que tu en penses, Bob ?

Imaginer que cette guerre et son sang et ses larmes deviennent un événement mondain me tord l'estomac. Je ne veux pas voir ça, je me tais.

Pour la couverture du livre, Covici songe à une jaquette. Une jaquette, c'est moderne. Avec une image forte, identifiable au premier coup d'œil : celle du *Milicien tombant.*

– Cette photo, c'est un choc.

Je ne dis rien, je ne dirai jamais rien. Je n'ai pas l'intention d'inclure celles que nous avons prises sur la colline au-dessus du quartier général d'Espejo. Le reste de la série sent la pose martiale, la reconstitution, on est loin de l'esprit de la Nouvelle Objectivité. D'ailleurs, toutes ces photos, je ne sais plus trop où elles sont. En fait, seule celle du *Milicien tombant* compte parce que, comme dit Cartier, elle est plus qu'une image : une icône anarcho-pacifiste.

Une jaquette de couverture, Léon trouve l'idée excellente. J'approuve aussi.

Covici commande une autre tournée. Il admet que la situation en Espagne lui paraît compromise.

Je soupire, faute de voir d'autres issues que le désastre. Mais on ne sait jamais. L'armée du peuple est plus fournie en hommes que celle des fascistes. Le problème, c'est l'aviation. Une infériorité flagrante. À Madrid, tout le monde rêve d'un renversement de situation, d'un coup du sort. Pour ce qui est de mon avis, plus la partie dure, plus les Républicains seront lessivés. Covici grimace. Il voudrait savoir ce qu'il en était de ma relation avec Gerda.

Je ne tiens pas à l'étaler et réponds un peu sèchement que je ne veux rien de tout ça. Quant aux droits des photos, la famille Pohorylle, installée désormais à Belgrade, a rejeté son travail, la cause du malheur dont je suis le responsable puisque c'est moi qui l'ai poussée à devenir reporter. Comme si le reste n'existait pas : les événements, sa volonté de revanche… Gerda ne pouvait oublier ses trois semaines de prison en Allemagne, les meurtres, les spoliations, les camps d'internement, les flots de haine. Ça va, j'arrête, la liste est trop longue. Ça me soulève le cœur.

– Ses photos existent parce que c'est la guerre. Gerda était ma femme et les bénéfices ne combleront jamais la perte, dis-je à Léon.

Covici dit comprendre mon intention. Il hoche la tête. Nous en sommes au troisième apéritif. Je sais que plus cette conversation durera, plus je risque d'en sortir lessivé.

– Robert a une idée pour la maquette, dit Léon à Covici.

J'ai en effet pensé à Kertész qui a déjà plusieurs livres à son actif. Le maître de la photographie hongroise a vingt ans de plus que moi. Je l'ai rencontré à Montparnasse au printemps 1934 ; en dépit de notre familiarité hongroise, j'étais impressionné. Il venait de publier un livre sur Paris avec un texte de Pierre Mac Orlan. Il y a sept ou huit ans à Berlin, avec Simon Guttmann et mon complice Csiki, on s'enflammait déjà sur sa série des distorsions, ses visions anamorphiques de femmes dans toute leur impudeur. On échafaudait des théories sur le courant hongrois de la Nouvelle Objectivité dont il était à nos yeux le chef de file incontesté. Kertész, un homme exigeant. Bref, un emmerdeur pour qui souhaite s'enrichir sur le dos de la facilité. Il était publié dans *Vu*. Lucien Vogel m'avait avoué un jour qu'il le trouvait aimable mais difficile.

Kertész avait fait la Grande Gucrre côté austro-hongrois, avait été blessé et avait terminé le conflit à photographier les soldats au quotidien. À Paris, juste sur la foi de mes premières parutions, il avait joué la fibre hongroise. J'étais bien sûr à court d'argent. Il m'avait mis aussitôt au tirage. Puis il était venu juger le résultat. « Bon, je vois que ce n'est pas ce qu'il faut te confier, m'avait-il dit, après un regard sur ma besogne. Toi, tu es un photographe. » Ces mots m'avaient touché, contrariant la bouffée de honte provoquée par la médiocrité de mes tirages.

Certains diront que ce genre de compliments a accentué mes travers, mon orgueil, ma façon d'afficher sans vergogne l'injustice d'être doué et de le savoir. « C'est le talent hongrois » disais-je à Cartier-Bresson lorsque je percevais son regard jaloux.

Covici hoche la tête, il sait que Kertész vit à New York, il a entendu parler de lui.

– Vos légendes sont en anglais ?

Non, il faut les traduire, les mettre en forme et écrire une préface.

– Vous songez à quelqu'un ?

Je repense au télégramme.

– Hemingway.

– Trop cher, dit Covici. Pourquoi pas vous ? Vous ne voulez pas écrire quelque chose sur Gerda ?

Je refuse nerveusement de la tête.

Il me vient le nom de Jay Allen que j'ai connu à Bilbao, au mois de mai dernier. Il connaît l'Espagne, il y a vécu plusieurs années comme correspondant du *Chicago Tribune* avant la Guerre civile. Je l'ai revu à Madrid en juillet juste avant mon départ pour Paris, il m'a dit qu'il rentrait à Chicago.

Covici approuve. Il se souvient de son interview de Franco, en juillet 1936 ; le général n'avait pas caché son humeur massacrante au lendemain du coup d'État manqué. Il se souvient aussi que Jay Allen a, un mois plus tard, révélé à l'opinion américaine le massacre de Badajoz ; quelque quatre mille civils qui s'étaient opposés à la prise de la ville par les troupes franquistes.

Je songe surtout que Jay Allen ne connaît pas Gerda, à peine l'a-t-il croisée à Madrid. Il ne se répandra pas en considérations personnelles.

– *So, how much ?* dis-je, avec l'air de m'excuser du manque de courtoisie de ma question.

Le matois Covici nous enfume avec son cigare. Il fait ses comptes : un premier tirage de deux mille exemplaires, la fabrication va coûter cher en gravure, en papier, il faut y ajouter le préfacier, la traduction des légendes, et Kertész. Covici prévoit quarante-huit pages, cent vingt photos, ou un peu plus, un format d'album, une couverture cartonnée et le prix autour d'un dollar pièce.

Il annonce : deux cents dollars d'avance, ce qui n'a pas l'air d'offusquer Léon. Alors j'accepte. Covici lève le poing et commande une tournée.

Le lendemain, j'appelle Jay Allen à Chicago.

– Ce sacré Bob ! qu'il me crie.

Le projet de livre l'enthousiasme, il promet de venir dès que possible à New York, de m'emmener visiter Cape Cod et de m'y interviewer. Je modère son élan, rien n'est encore signé, Covici l'appellera pour lui préciser les conditions.

– Oh ! J'entre dans la légende, Bob ! Je vais m'arranger, compte sur moi avant la fin septembre.

– Je serai encore là. *Salud !*

En vérité, je ne l'aime pas beaucoup Jay Allen. C'est une sorte de colosse rouquin, jovial, mais assez empoté, que j'ai eu sur le dos pendant une semaine à Bilbao, au milieu du mois de mai.

Je me trouvais au champ d'aviation de Sondika en fin de journée, à quelques kilomètres au nord de la ville. Tout le pays basque était encerclé par les franquistes, les sirènes sonnaient plus de vingt fois par jour pour annoncer les raids, c'était deux semaines après le bombardement de Guernica. Autour, toutes les collines flambaient, chaque jour une côte tombait, puis était reprise, avant de retomber aux mains des assaillants. Une vraie curée.

Dans le ciel obscurci par les fumées, j'ai aperçu slalomant entre les cheminées d'usines l'avion de liaison en provenance de Saint-Jean-de-Luz qu'on m'avait annoncé. Le chauffeur espagnol a démarré la Packard et nous avons foncé sur la piste jusqu'à la carlingue du bimoteur dont les hélices tournaient toujours. J'ai grimpé à l'intérieur, chargé d'un sac plein de mes rouleaux de pellicule des jours précédents, à suivre les malheureux mineurs asturiens, dois-je dire, les meilleurs soldats de la République ?

Dès qu'il a compris ce que je voulais, le pilote a craché son bout de cigare et s'est mis à renâcler. Il estimait que je devais payer le service postal.

C'était la première fois qu'on me faisait ce coup-là ; il n'avait qu'à envoyer la facture à *Ce soir*.

– Connais pas, a-t-il coupé rudement.

C'est vrai que le quotidien venait d'être lancé depuis un mois à peine ; même avec Louis Aragon comme rédacteur en chef, sa réputation était loin d'être acquise.

– Merde ! Quand je travaille pour *Regards*, personne ne me demande rien !

– Ah, *Regards* ! Si c'est pour les camarades ! a lancé le pilote en empoignant le sac et en me serrant la main. C'est quoi votre nom ?

– Robert Capa !

J'ai remarqué alors un grand couillon en costume croisé avec une mèche bombée et un physique de buffle qui, venu du fond de la carlingue, restait là à nous écouter.

J'ai sauté sur le tarmac, l'avion repartait. À ma grande surprise, le colosse m'a emboîté le pas.

– Jay Allen, *Chicago Tribune* ! a-t-il crié, j'ai beaucoup entendu parler de vous !

Nous avons vite regagné la Packard.

Le chauffeur espagnol hurlait qu'on s'exposait pour rien au milieu de la piste, les Heinkel larguaient leurs bombes toutes les demi-heures.

– Tranquille mon gars, a ronflé Jay Allen en espagnol, les franquistes savent qu'un journaliste américain est dans cet avion… Pas d'incident diplomatique !

Peu convaincu par l'argument, le chauffeur a démarré en trombe, alors que je m'inquiétais : l'Américain semblait avoir oublié son sac.

– Non, je voyage léger, répondit-il en me secouant un carnet sous le nez.

Putain d'abruti ! Il n'avait pas pensé à apporter un jambon, du café, ne serait-ce qu'un kilo de pommes dans une ville assiégée. Pas même une bouteille de raide. Mais quel con !

Il a vite compris que je le battais froid quand j'ai dit sèchement au chauffeur avec mon mauvais espagnol :

– Encore une bouche à nourrir, et avec une sacrée contenance…

Jay a compris sa bévue, il a essayé de se racheter en jouant la corde de la fraternité de la presse internationale, assurant qu'il adorait mes photos et celles de Gerda publiées dans *Vu*, *Regards*, *Ce soir*, mes premières parutions dans *Life*. Et qu'il connaissait aussi le grand Ernest pour l'avoir fréquenté à Paris, à la Coupole, Ernest avec qui il avait fait plusieurs virées mémorables en terre d'Espagne avant la guerre. Je n'en avais rien à foutre qu'il se soit torché avec Hemingway. J'avais soif.

Les jours suivants à Bilbao, Jay m'a tenu la manche.

– Bob, je te suis ! gueulait-il au-dessus des sirènes annonçant un énième bombardement. Où c'est qu'il y a un abri ?

– Là !

Je lui désignais de préférence une excavation boueuse pleine de miasmes et d'eau rance pour le regarder se vautrer au milieu des chiens morts et des asticots.

Moi, je restais à découvert. En fait, je faisais mon boulot.

Puis, dans sa chambre d'hôtel, Jay rédigeait avec ferveur des lignes sur la panique qui au son des sirènes s'emparait des rues jusqu'à ce qu'elles soient désertes, me décrivant les yeux graves, d'une impassibilité de marbre, sans dire qu'au même moment, il barbotait au fond d'un trou en compagnie d'un Basque qui lui avait demandé ce qu'il fichait là.

– *Chicago Tribune*...

– Mouais, en voilà un bel inutile, avait ricané l'autre.

Le soir, dans une cave transformée en cabaret, on écoutait du jazz. Les roulements de batterie ne couvraient ni les sirènes ni les explosions, mais l'absinthe nous rendait indifférents.

Au bout de quatre jours, Jay est reparti. Le surlendemain, il devenait évident que les défenseurs républicains ne tiendraient pas longtemps. De nuit, j'ai pu rejoindre la côte à une quinzaine de kilomètres avant d'embarquer sur un bateau de pêche qui m'a ramené à Bayonne.

L'agence Pix a des allures de ruche. Léon m'aide à la sélection, Ladislaus tape à la machine les pavés de texte des légendes qu'il traduit en anglais, un tireur d'élite réquisitionné effectue les tirages, aidé par mon Crocodile de frère. J'affronte mes souvenirs. J'observe les feuilles de papier photographique qui, une fois rincées à l'eau et pendues sur un fil, gouttent de leurs larmes.

Au Bedford, les correspondants propagent la rumeur d'une détente des tensions en Europe, j'aimerais les croire. Je rêve parfois d'un monde où le reporter de guerre serait sans emploi. En Chine, les Japonais qui annonçaient que leur conquête de l'Empire du Milieu ne durerait pas trois mois piétinent devant Shanghai. Nationalistes et communistes chinois se seraient même alliés. Cette guerre-là n'est donc pas près de finir.

Je bois amèrement à la santé de la guerre, je dois être déjà saoul pour dire un truc pareil, pensant que ma boutade fera rire une fausse Betty Boop à la voix aiguë qui, ce soir, accompagne Lilou, la brune aux arguments. Mais mon humour noir tombe à plat.

Alors je la fais danser, la complimente pour ses yeux bleus, et elle me trouve *charming*. Son parfum est capiteux, je ferme doucement les paupières avec l'air enivré et les frottements de son corps contre le mien me font du bien. J'oublie un temps l'amertume de la situation internationale. Je pousse même l'illusion jusqu'à lui embrasser le cou sans autre réaction de sa part qu'un léger « oh la la » plus engageant qu'hostile. Je sens ses deux mains se raffermir contre les muscles de mon dos comme si elle tenait à conforter par ce geste l'incursion de ma bouche sur son territoire.

Je me convaincs de me taire, de me contenter du langage des lèvres, si je veux découvrir ce pays qui frémit sous mes doigts. Sa reddition ne tarde pas, puisqu'elle accepte de monter dans ma chambre pour que je la photographie.

Une fois dans la place, je constate que je n'ai plus de pellicule, je suis tenté de ne rien lui dire, mais le jeu ne m'amuse pas longtemps. Alors on rit de la situation. Pour autant, elle ne renonce pas à ses premiers élans de poses lascives, secoue sa tête en arrière, dresse ses jambes, minaude en servant dans un verre le fond d'une bouteille de whisky qui traîne.

– *Next time*, dit-elle.

Elle n'a déjà plus grand-chose sur elle quand elle me murmure après un rire nerveux qu'elle tient absolument à coucher avec un Français ; de Paris, précise-t-elle crânement. Par chance, elle n'est pas garde-frontière et ne me réclame pas mon passeport. Mais qui sait, un réfugié hongrois est peut-être sur la liste rose de ses désirs où la géographie politique se superpose à sa carte du tendre ?

Si elle se plaint de ne pas avoir une assez grosse poitrine qu'elle relève et soupèse entre ses deux mains pour que je le lui confirme, Betty a de la gorge. À peine touchée, effleurée, caressée, elle ne râle pas, elle rugit. Ses cris résonnent à percer la cloison. J'ai l'impression que le son se propage de chambre en chambre, d'étage en étage.

Le prude qui est en moi craint d'alerter l'hôtel, j'ai envie de descendre aux abris et me prends à regretter que des grondements d'avions, des fracas d'explosions ne viennent couvrir nos ébats.

En novembre dernier, Madrid sous les bombes menaçait de tomber. Moi, à ce moment-là, j'étais en chute libre. C'est étrange la relation qu'il peut parfois y avoir entre l'intime et le monde.

Après presque deux mois à sillonner l'Espagne à la fin de l'été 1936, Gerda et moi étions rentrés à Paris. Entre nous, tout allait bien. C'est moi qui avais convaincu Lucien Vogel de *Vu* de nous y envoyer ensemble. Comment imaginer vivre ce moment révolutionnaire sans elle ? Le triomphe du peuple, la défaite de fascistes ! Au-delà d'assister à l'histoire en marche, Gerda, c'était ma vie. Et puis, un regard de femme sur les événements, Vogel avait cédé à l'argument.

À notre retour, il considérait que nous avions rempli pleinement notre mission. À cet égard, la photo du *Milicien tombant* était pour lui l'image de l'engagement qu'il souhaitait, même s'il savait que les propriétaires suisses de son hebdomadaire préféraient la frivolité du jour et les vedettes à la mode. Personne ne décela le simulacre, la photo assit même dans les rédactions parisiennes ma réputation de reporter de guerre. Une profession nouvelle pour laquelle, chaque jour, des bataillons de types se réveillaient avec l'ambition d'y faire carrière. À cette période, à Tolède, à Madrid, à Barcelone, se bousculaient des amateurs venus couvrir le conflit par conviction, ou intérêt. La police politique les avait rapidement mis au pas, certains furent condamnés pour espionnage.

Nous avions retrouvé l'hôtel de la rue de Blois, Paris nous semblait terriblement paisible. Gerda était fière de moi. Mais très vite, la publication du *Milicien tombant* assortie d'éditoriaux enflammés de Vogel eut des conséquences désastreuses. Des lecteurs s'indignèrent, la complaisance du journal avec l'horreur allait trop loin. Et à trop appeler à une intervention de la France au côté des Rouges, *Vu* perdit en quelques semaines une partie de son lectorat.

De retour d'un reportage à Strasbourg, j'appris que Vogel avait été débarqué par les nouveaux propriétaires suisses. Je compris vite que moi aussi je figurais sur la liste noire. Ma photo d'une Alsacienne en costume traditionnel, le poing levé, fut publiée amputée de son insolence révolutionnaire. Telle était désormais la ligne éditoriale du journal.

J'ai claqué la porte. Gerda m'a approuvé. Et comme au mois de septembre, Henri Daniel, le frère de Léon, avait réussi à vendre quelques-unes de nos photos à *Regards*, je me suis présenté par l'entremise de Chim à la rédaction ; la direction ne cachait pas ses sympathies communistes.

Ma collaboration a été scellée par la commande d'une photo de couverture : le portrait de Gerda, les larmes aux yeux. L'image n'était pas sans rappeler la série des *Larmes* de Man Ray, elle illustrait une enquête sur « le tragique destin des filles perdues », ces jeunes filles forcées de quitter l'Allemagne pour des raisons raciales.

Lorsque nous avons abordé la question d'être envoyés à Madrid en tant que correspondants, avec donc deux salaires, la direction de *Regards* a jugé le travail de Gerda peu convaincant, parfois même maladroit. Elle débutait et, de surcroît, utilisait un Rolleiflex 6x6, un matériel considéré comme trop peu professionnel. Le fait que la rédaction ait publié préalablement l'une de ses photos de miliciennes en arme à Barcelone n'y a rien changé.

Leur correspondant, ce serait moi et personne d'autre.

Je n'avais pas le pouvoir de l'imposer, j'ai cédé sans mesurer combien cette décision allait influer sur la suite. Je ne sais pas lire l'avenir. De toute façon, aurais-je renoncé, Gerda me l'aurait reproché.

La semaine qui a précédé mon départ, je préfère l'oublier, il flottait entre nous une tension que j'attribuais à sa déception et à sa crainte de me savoir retourner seul à Madrid. Son amour-propre avait été froissé. Pour *Regards*, elle n'avait couvert ces deux premiers mois de conflit que par le simple fait d'être ma compagne. Elle pensait à raison que nous avions partagé les mêmes risques. Elle était offusquée de cette condescendance vis-à-vis de son travail. Elle admettait encore moins de se trouver reléguée au rôle de blondinette qui attend le retour de son héros dans une chambre d'hôtel. L'attente n'était pas ce qu'elle voulait vivre. Ses conceptions ne s'accommodaient pas d'une telle situation, l'équilibre serait rompu, bientôt la jalousie l'empoisonnerait, nourrie par le soupçon de mes travers de séducteur et de joueur invétéré que des mauvaises langues ne manqueraient pas de lui rapporter par méchanceté, ou pire, par compassion.

Elle a alors évoqué le fait qu'elle était invitée en Italie par Georg, son ancien fiancé de Leipzig, où il y aurait aussi la mère, le frère, la sœur, tout ce monde qu'elle considérait comme sa famille. J'ai trouvé cette idée plutôt saugrenue, sinon risquée, des agents de la police secrète italienne pouvaient l'avoir repérée en Espagne. Mais avec beaucoup d'aplomb, elle m'a affirmé qu'elle ne risquait rien.

Je suis arrivé à Madrid vers le 12 novembre. J'avais eu beaucoup de difficultés à m'en approcher. La capitale croulait sous les bombes incendiaires des attaques aériennes. Deux jours plus tard, la ville était pour ainsi dire coupée du monde. Le gouvernement républicain s'était replié à Valence, la chute était annoncée.

Je lui ai téléphoné – les franquistes ne touchaient pas au réseau, propriété d'une compagnie américaine. Ce respect des communications permettait de savoir si une ville, une caserne, une gare étaient tombées, ou non. Ainsi, on se renseignait : « Allô, camarade, comment ça se passe chez vous ? » « Va mourir, enculé de Rouge ! Vive le Christ Roi ! » La déduction était simple.

Elle m'a annoncé froidement qu'elle partait pour Naples. Georg y terminait ses études de médecine. J'ai soudain pensé qu'elle allait abandonner la photographie et l'épouser.

Et moi, j'étais piégé dans Madrid assiégé.

C'est par le tramway que je montais jusqu'à la ligne de front, arrêt Cité universitaire, vue imprenable sur la bataille acharnée : l'université, un superbe bâtiment moderne meurtri et déchiré comme je l'étais moi-même.

À la fin de la journée, je reprenais le tram, j'allais me saouler au bar de l'hôtel Gran Vía et faire une partie de poker dans une chambre. Il n'y avait pas beaucoup d'autres distractions.

La nuit, faute de trouver le sommeil dans un hôtel bondé de réfugiés, dans le brouhaha d'un sous-sol, d'un couloir, d'un dortoir à soldats, à grelotter sous une mince couverture, j'essayais de peser la situation. Vaines contentions de l'esprit, je n'apercevais pas de solution. Comment agir, sinon instinctivement ? Je veux dire en dehors d'une réelle et pleine conscience. J'ai alors compris que c'était dans le conflit, cette guerre, que se trouvait le moyen de s'opposer au probable désamour de Gerda et à notre rupture annoncée. En fait, plus que des mots, pour ne pas dire une dialectique, ce dont beaucoup abusaient à ce moment-là à Madrid, c'était de l'émotion.

Une émotion violente, viscérale.

Comprenez qu'au réel dépit de Gerda d'avoir été professionnellement écartée, s'ajoutait l'incertitude de ma propre existence ; alors que je rampais sous le feu des mitrailleuses des brigadistes qui tenaient l'université, dans la fumée, la poussière, la vérité m'est apparue clairement.

Il fallait bien voir la réalité en face : à vingt-six ans, elle avait le sentiment de n'être rien. Elle me l'avait dit. L'attrait d'une vie stable, comme celle que lui avait promise Pieter, son riche importateur de coton américain qui roulait voiture, reprenait le dessus. Quant à Georg, il était brillant. Ruth, l'amie de Gerda que j'avais photographiée le jour de notre rencontre, et que j'appelais souvent de Madrid, me l'avait confirmé. Georg serait bientôt un chirurgien installé.

Moi aussi, je fréquentais l'école de Médecine, mais la mienne était assiégée.

À Madrid, depuis le mois de septembre, des dizaines de milliers de volontaires avaient passé la frontière pour s'enrôler dans les Brigades internationales ; je m'étais joint à la XIIe sous le commandement du général Lukács, un écrivain hongrois. La brigade regroupait plusieurs bataillons d'Allemands et de Français, ce qui m'aidait à participer aux conversations. Lukács n'était pas très adroit dans le maniement des langues. Je suivais les combats depuis les salles de cours, au fond de la classe de préférence, assourdi par les mortiers, les canons anti-chars, les grenades, le crépitement des mitrailleuses.

À l'étage dévolu aux futurs médecins, la présence d'un écorché m'a frappé. La décision de Gerda de partir pour l'Italie, que j'imaginais se conclure par son mariage avec un chirurgien, m'arrachait la peau. J'étais fou.

Pour en finir, j'aurais volontiers nargué les tireurs franquistes, si en moi une voix n'avait entretenu la conviction de son retour. Je me répétais que cette séparation n'était qu'une tocade. Ce n'était pas la première fois. Nous en avions connu une, un an plus tôt à la même date. L'épisode n'avait duré que quelques semaines. Dire qu'une précédente rupture ait pu nourrir en moi l'espoir de son retour a quelque chose d'absurde, mais je n'avais pas trouvé mieux pour renforcer mon intuition. Un genre d'intuition qui me pousse parfois à miser gros en dépit d'une dangereuse paire de valets. Valet de cœur, valet de pique, je ne savais plus quel était mon rôle.

Trois semaines de terreur. L'acharnement des Madrilènes m'a soutenu. Y être confronté chaque minute atténuait mon tourment. Ma peine, je la bridais. Allongé dans la neige crasseuse près du pont des Français, le long de la rivière Manzanares qui charriait eaux boueuses et tourbillons de sang, je criais avec les autres : « *¡No pasarán!* »

Pour autant, sur le front, les correspondants de guerre n'étaient pas toujours les bienvenus : « Secret militaire. »

Je me retournais alors vers les civils et les cités de banlieue dévastées par les bombardements. Je me tenais au milieu des gens, hommes et femmes taraudés par la peur, brûlés par le phosphore et glacés par la neige. Je tentais de garder comme eux, dur comme fer, la certitude du retour des jours heureux.

Lukács disait que les Hongrois ont une nature joyeuse, j'essayais de ne pas le détromper. Un commissaire politique m'a même cité en exemple, cela pour démontrer la suprématie des valeurs communistes. Je n'ai pas osé le contredire. Après tout, les brigadistes étaient mes frères de combat. J'ai fait des dizaines de portraits d'eux. Je veux voir dans le livre leurs sacrées gueules, leurs sourires.

Aux rares heures d'accalmie, je faisais comme ces volontaires. Je m'installais au soleil, appuyé contre un mur, assis sur des sacs de sable, sur une chaise bancale. Je lui écrivais, brèves lettres que j'adressais à l'hôtel de la rue de Blois, même si je savais qu'elle n'y était pas, même si souvent ces lettres restaient au fond de ma poche, le service postal laissant à désirer.

Voilà ce que me disent ces photos du siège de Madrid. Image du brigadiste qui écrit à sa fiancée à l'entrée d'une casemate. Et les autres, celles qui racontent les boulevards obstrués par des barricades, les gravats de maisons effondrées. Les gens vivaient dehors sous le vent glacial, faisaient la queue des heures pour un seau d'eau, une boule de pain. Ils erraient comme des spectres dans ce décor d'outre-tombe, de cadavres et d'orphelins perdus. Sur les trottoirs, des amoncellements de bonheur en pièces traînaient en fatras. Les stations de métro regorgeaient de monde : femmes, enfants, vieillards abasourdis, allongés sur les quais, enroulés sous des couvertures.

Les seuls cris de joie que j'ai entendus durant ces semaines furent devant trois points dans le ciel, trois avions bourdonnant au-dessus de nos têtes près de Gran Vía : « Les nôtres ! » Trois petits points noirs et vibrants. Des frelons qui fonçaient vers les Junkers. Et au sol, les hommes, les femmes et les enfants qui louchaient à s'excaver les yeux. Quand l'ennemi a fait demi-tour et a fui vers le sud, une onde magnifique s'est propagée, une seule et même huée de cinq cent mille personnes a résonné sous le ciel gris.

Le 5 décembre, dans les sous-sols de l'immeuble du Central téléphonique d'où les correspondants expédiaient leurs articles sous le contrôle du bureau de censure, j'ai appelé la rédaction de *Regards*. Je hurlais au-dessus de la cacophonie générale. J'en avais assez fait. Contre toutes prévisions, les franquistes renonçaient, ils reculaient, ils creusaient des tranchées, Madrid ne tomberait pas.

Je venais d'arracher une place dans une voiture qui remontait vers Barcelone, je pouvais être le lendemain à Toulouse, le surlendemain à Paris, qu'on me réserve la couverture du prochain numéro à paraître le 10 décembre. C'était vraiment du sensationnel. Je savais que Gerda était toujours à Capri avec Georg. Cela sonnait comme un prélude à un voyage de noces.

Montrer que pendant ces mêmes heures Madrid brûlait, que j'étais aux premières loges sur la ligne de partage entre la Liberté et l'Esclavage comme on disait, j'y voyais une façon éclatante d'affirmer mon existence, notre histoire, et peut-être de donner à Gerda mauvaise conscience.

– Bob, tu es bien sûr que tes images sont sensationnelles ? a répété la voix à l'autre bout du combiné.

– Tu paries combien ?

Le chef de service n'a pas insisté. Et je suis rentré.

En vérité, le succès est allé bien au-delà de mes plus folles espérances. J'ai effectivement obtenu la couverture du numéro de *Regards* du 10 décembre : une femme se tenant les mains devant les décombres de sa maison à Vallecas, une banlieue de Madrid, avec ce titre : « La capitale crucifiée, des photos prodigieuses. »

J'y étais présenté comme le plus qualifié, le plus audacieux des photographes de la capitale espagnole. Et ce reportage fut acheté par des hebdomadaires de Zurich, de Londres, et aussi par *Life* dont le premier numéro était sorti le mois précédent.

Ma déception amoureuse venait de faire de moi un héros.

À l'agence Pix, les tirages couvrent peu à peu les murs du bureau de Léon. Friede, l'associé de Covici, a approuvé que Kertész réalise la maquette, de même que le colosse empoté du *Chicago Tribune* écrive la préface et révise les textes de mes légendes, au style trop lapidaire. Une équipe de champions, répète Léon.

J'ai eu Kertész au téléphone, plutôt ému de m'entendre. Il survit de commandes pour le *Harper's Bazaar*, *Vogue* et autres magazines féminins et de décoration.

– Rien que de l'alimentaire, avoue-t-il.

Il se dit très touché que j'aie pensé à lui pour la maquette du livre. Il fera de son mieux, promet-il, et s'inquiète de savoir si je ne suis pas trop seul à New York. Je le rassure, toute ma fratrie est là, ainsi que quelques bons camarades. Kertész doit s'absenter quelques jours, mais jure qu'on se verra à son retour.

Ce soir, nous déboulons avec Léon aux bureaux de Covici. Le matois nous fait bon accueil. L'éditeur n'est pas le genre à proposer de l'eau chaude à l'heure de l'apéritif. Quelques pintes dans un pub irlandais scellent le contrat, assorti de l'acompte promis.

Alors que Léon nous abandonne, le petit bonhomme m'emmène dîner au Patsy's, une grande pizzeria de Italian Harlem. Ensuite, on glisse vers un club borgne, une boîte de stripteaseuses du côté de Lexington Avenue.

Au fond de l'estrade, un orchestre braille, tonitrue, tandis qu'à l'avant-scène se déplument les fesses de prêtresses ; des beautés sculpturales débarquées de Trinidad, or et couleurs crues. Les seins nus tourbillonnent sous les cris d'extase et le ressac des sifflets. La fumée des cigares et la vapeur sortie des gosiers surchauffés embrument la vision. La voix chantante de Covici commande du mousseux. À la deuxième bouteille, le diable au corps, lui et moi hurlons avec les loups pour finir en cohue par la sortie de secours à l'annonce d'une descente de la police des mœurs.

Dehors, des flics servent à la régalade des coups de matraque, je me faufile dans la ruée. L'instinct du combat de rue contre la police hongroise resurgit. Comme une anguille, j'échappe à l'arrestation, non sans quelques ruades au passage. Je cavale, me retourne, j'ai perdu Covici.

Au coin, une portière s'ouvre, une main me fait signe de monter. Je m'enfourne et le taxi démarre. Le gars s'appelle Jack, il m'a aperçu au club. On roule. Le chauffeur mexicain a du gaz et une drôle de façon de saler son mezcal, la Ford ne roule pas, elle virevolte d'une rue à l'autre. Et pour la première fois à New York, je parle espagnol. Cette connivence ravit le chauffeur aux yeux injectés de sang. Je lui dis vouloir visiter le Mexique que j'imagine être un entrelacs d'art et de turbulences révolutionnaires où la dureté de la lumière magnifie l'âpreté des visages. Un pays d'expérience totale m'avait dit Cartier-Bresson.

Le chauffeur a l'air de se foutre de la photographie et de la façon directe d'appréhender le réel comme de sa première tortilla. Quant aux fresques peintes par Diego Rivera sur les murs de l'école du Parti communiste de la 14e Rue, il crache dessus, c'est de la merde rouge ! lâche-t-il de sa voix burinée. Je crois entendre Radio Séville.

Dès lors, sur un juron, le Mexicain nous éjecte plus qu'il ne nous dépose devant l'entrée obscure et crasseuse d'un bordel de première classe, assure-t-il, après que Jack lui a demandé avec une joie naïve où finir la soirée.

Les filles sont un assortiment improbable de monstres et de beautés, en tablier ou en jupette, les lèvres plus rouges que la bannière de la XIIe Brigade.

Jack déboutonne d'une main ce qu'il rhabille de l'autre, il tâte ici, tète là, l'air de s'interroger sur qui a meilleur goût. Sa dernière facétie : vouloir flageller la mère maquerelle, une Italienne aux cheveux graisseux qui porte une grosse croix dorée en sautoir et nous fait foutre dehors par un grand escogriffe auquel je ne m'oppose pas.

Jack, qui est agent d'assurances, et ma carcasse finissent par échouer sous la lumière violine d'une boîte à la limite de Black Harlem. Un quatuor noir éructe au saxophone un laminage de tramway, j'y flambe une bonne partie de mon acompte. Au matin, mes tympans sifflent encore quand Ted pénètre dans ma chambre et m'annonce qu'il s'en va prendre son train pour Toronto.

Il fait beau. Je porte le barda du commissaire politique démobilisé jusqu'à Grand Central Terminal et évite d'écouter ses considérations sur le boycott de la brosse à dents japonaise et le soutien du bol de riz à trois cents servi dans les bouges de Chinatown. Je n'ai pas envie d'être à Nankin pour le prix d'un ticket de métro. Au bras de Gerda, j'aurais trouvé l'idée fantastique, mais là…

Il s'excuse encore, cet idiot, de ne pas avoir su réagir à Brunete, ce qu'il ne se pardonnera jamais. Ted est un gosse, il n'a pas la lucidité de Georg.

Lorsqu'à Capri, Gerda a évoqué leur promesse de mariage faite à Leipzig quatre ans plus tôt, Georg a refusé d'y songer. Non par désamour mais par lucidité. Il a expliqué qu'il ne pourrait jamais s'installer comme médecin en Allemagne, que tous les deux seraient voués à une vie d'errance ; il était juif et militant du parti socialiste allemand. Il avait réussi à quitter le Reich grâce à des lettres d'affaires de complaisance et à poursuivre ses études à Naples. Son intention était de s'engager en Espagne. Il a tenu parole. Au début du mois de janvier 1937, il a passé à Paris les examens de conformité idéologique avant d'intégrer les Brigades. Et il est parti, manquant de justesse d'être fusillé à la frontière espagnole. À voir son passeport, la police politique l'a soupçonné d'être un espion italien. Par chance, un Allemand, ancien militant de Leipzig qui se trouvait là par hasard l'a reconnu et est intervenu.

Ce Georg a du cran, le sens du constat froid, il n'est pas chirurgien pour rien. Sa décision de s'engager comme médecin brigadiste ne pouvait s'accorder à tout autre engagement. En tout cas, tels avaient été ses arguments. Ces détails, Ruth me les a racontés plus tard.

Le refus de Georg avait ramené Gerda à Paris.

Évidemment, il n'était plus question de la rue de Blois. Elle s'était installée dans un hôtel de la rue Vavin. Moi, je campais à l'atelier de la rue Froidevaux. Chim me tenait compagnie, me réconfortait.

Un jour que Gerda était passée à l'atelier, j'ai eu le tort de dire que ce combat en Espagne, je n'y croyais plus, que tout était fichu.

– Et qu'est-ce qu'on va faire ? a-t-elle crié.

– Perdre.

Une boutade. Juste le bon sens, le fatalisme du joueur invétéré. Ça a fait des étincelles. J'étais un défaitiste, un dandy du massacre. Elle était furieuse.

Je crois que l'origine de sa nouvelle intransigeance venait du refus de Georg de l'épouser, de ce constat amer : leur histoire n'avait aucune issue.

Elle m'a dit qu'à Naples, elle avait suivi les événements au jour le jour. Me savoir à Madrid, évidemment, cela comptait.

Après l'accueil enthousiaste, et pas seulement à *Regards*, de mes photos du siège de Madrid du mois de décembre, le journal m'a renvoyé une semaine dans la capitale espagnole, vers la mi-janvier, seul bien sûr. Le front était calme, je n'y ai rien fait de convaincant. Quand je suis rentré, je savais que Gerda traversait l'un de ces moments où les choix s'imposent, où les résolutions peuvent être définitives.

Quant au moyen d'être avec elle, je n'en connaissais qu'un. Je voulais la convaincre.

En Andalousie, au début du mois février 1937, l'offensive des nationalistes soutenus par le corps expéditionnaire italien avait scellé la chute de Málaga. S'ensuivit la fuite éperdue de dizaines de milliers de réfugiés. Chim m'avait par ailleurs appris qu'un nouveau quotidien proche des communistes était en préparation. Louis Aragon en était le rédacteur en chef.

Avec mon sens de l'anticipation, sinon du pari audacieux, j'ai proposé à Gerda de m'accompagner à Málaga. Pour forcer sa décision, j'ai enjolivé la chose. La création de *Ce soir* constituait déjà un très bon argument, il y avait des places à prendre. Mais j'y ajoutais une offre alléchante : signer nos images Capa & Taro. Ce qui voulait dire rouvrir notre coopérative sans me voir reprocher de ne pas soutenir la cause égalitaire. Au vu de ma réputation, après le coup de maître du siège de Madrid, c'était plus qu'à son avantage. J'avais quelque chose à lui offrir. Un nom, c'est déjà presque un mariage. Je ne pensais à rien d'autre qu'à être avec elle.

Pour ce qui était de la coopérative, elle a accepté d'une joie sincère. Elle passait tous les jours ou presque à l'atelier de la rue Froidevaux, que j'y sois ou pas. Mon impression était qu'elle s'ingéniait ainsi à nous habituer à notre séparation, à la baigner, à la sécher, à la repasser, à l'épingler au mur. Oui, à nous la transfuser en goutte-à-goutte.

Naturellement, elle s'est un peu moquée de mes ambitions sentimentales mal dissimulées et m'a demandé avec une ironie froide si ma stratégie de reconquête à son égard s'inspirait de celle de la Nouvelle Armée du Peuple.

C'est toujours désagréable de s'entendre dire, lorsqu'on essaie de mener des négociations en diplomate, qu'on agit en réalité en militaire.

Elle voulait réfléchir, n'ayant pas quitté une situation pour y retomber, celle par laquelle notre couple avait échoué.

J'ai bien failli l'envoyer balader, mais je n'en ai rien fait. Je ne ressentais que trop depuis son retour sa nouvelle et brutale intransigeance. Je savais Gerda suffisamment fière et humiliée pour ne pas attendre de sa part une reddition immédiate et sans condition.

Sur le quai de la gare, tout à mes souvenirs, je marmonne à voix basse :

– Une guerre d'usure. Patience…

Ted m'approuve.

– Tu as raison Bob. On les aura, crois-moi, ces cafards de fascistes !

Je me tourne vers lui et soupire.

La seule chose qui me soulage est de savoir que je ne reverrai jamais cet idiot de Ted. Aussi, sur l'argent que lui a mandé sa mère, je lui emprunte dix dollars qu'il ne sait me refuser. Il pleure en montant dans le train. Et sur le quai, en le saluant de la main, moi aussi, je pleure comme un con.

Au milieu de ce mois de février 1937, nous sommes, Gerda et moi, partis en direction de Málaga. À notre arrivée, la bataille était terminée, la défaite, consommée. Nous avons croisé de longues cohortes jetées sur les routes. À Almería, les réfugiés croulaient sous leur barda, s'effondraient sur les trottoirs. La seule chose réconfortante que nous avons vue fut le cuirassé *Jaime* qui mouillait dans la rade. Les marins s'étaient soulevés contre leurs officiers, tentés aux premiers jours de la Guerre civile de rejoindre le camp franquiste.

La marée affolée de vieillards, de femmes, d'enfants, de bestiaux, avait jeté une pâleur étrange sur les joues de Gerda. Mais je me souviens aussi de son sourire mutin et de son rire enjôleur à entendre chanter des marins du *Jaime*, rebaptisé le *Potemkine* espagnol. Tous sont morts noyés, trois mois plus tard, après un naufrage à la suite d'une explosion.

Rebaptiser notre union professionnelle n'en avait pas diminué les risques de naufrage. Nous sommes rentrés à Paris et, comme je l'avais prévu, *Ce soir* a publié à la mi-mars nos photos des réfugiés de Málaga sous la signature Capa & Taro. Cependant Gerda fit préciser par contrat qu'elle signerait sous son seul nom les reportages qu'elle ferait désormais sans moi.

En fait, ce subterfuge pour me rapprocher d'elle avait tourné à son avantage. Je crois qu'elle a embobiné Aragon qui n'avait aucune raison de favoriser mes sentiments et, d'une certaine façon, elle me retournait mes manières d'embrouilleur, moi qui, au Dôme, étais surnommé l'« emprunteur de génie ». Lorsque sonnait l'heure de l'inventaire des reproches, ce travers de mauvais garçon de Pest était en tête de liste, formulé sur un ton d'inflexibilité de commissaire politique ou de chef du bureau de censure.

Les images du reportage de Málaga à Almería ayant convaincu, Gerda a été engagée à *Ce soir* et Aragon l'a sur-le-champ renvoyée à Madrid. Notre coopérative avait été son cheval de Troie, mais une fois dans la place, elle semblait en oublier les accords.

C'est à ce moment-là que Chim a proposé à *Regards* un sujet sur le patrimoine artistique espagnol en péril. La presse de droite accusait les Rouges de détruire les édifices religieux, d'avoir fusillé des prêtres. C'était vrai, mais les bombardements de l'aviation franquiste n'épargnaient ni les églises ni les monastères. Chim m'a proposé de l'accompagner à Madrid, il savait que nous y retrouverions Gerda.

Dans la capitale espagnole, flottait à l'intérieur du camp républicain un climat délétère attisé par les défaites. Querelles et rivalités préfiguraient la chasse ouverte aux déviationnistes, trotskistes et anarchistes qui allait déchirer la coalition jusqu'aux affrontements de début mai 1937 et à la répression.

Au cours de ce reportage, dans les caves et les réserves des musées nationaux, Chim a fait une photo qui raconte incidemment cela. Deux jeunes soldats tiennent un portrait de la Vierge aux épaules nues dans la réserve du palais de Liria à Madrid. Face à eux, une femme assise écrit sur un registre.

À première vue, il s'agit de l'enregistrement d'une œuvre avant qu'elle ne soit mise à l'abri des bombes. Une autre lecture de cette image suggère une cour martiale sommaire avant que l'accusée virginale ne soit jetée dans un cul de basse-fosse. Bien que la photo soit de Chim, je l'ai glissée dans la sélection pour Covici. Cette dérision m'amuse, la photo dit que moi aussi j'étais sur la sellette, sous le feu des accusations.

À cette période, à Madrid, une conversation entre femmes à laquelle j'ai assisté, à propos de la campagne sur les centres d'avortements, m'a fait comprendre qu'en ce qui concernait Gerda, elle y était passée plusieurs fois. Un peu plus tard, je lui ai dit :

– Avant de te faire avorter, tu aurais pu m'en parler.

– Il ne s'agit pas de toi, mais de moi, a-t-elle rétorqué, avec mauvaise humeur. Je ne me vois pas enceinte en ce moment.

Mon commentaire a creusé un peu plus notre différend et ma sourde colère n'a rien apaisé. Les intercessions de Chim pour ramener l'entente n'y ont rien fait.

Gerda fréquentait Claud Cockburn, le cadavérique journaliste du *Daily Worker*, et ce boy-scout de Ted avec qui elle est partie sur le front du côté de la rivière Jarama et de la colline du Suicide. Ted lui avait obtenu des autorisations pour des photos signées Taro. La colline du Suicide, comme par hasard, j'en revenais.

À Madrid, les mauvaises langues laissaient entendre qu'elle couchait par intérêt professionnel, cela pour obtenir des accréditations, des autorisations… Les soupçons de trahison et de déviationnisme n'étaient pas qu'idéologiques. Indicateurs et mouchards opéraient aussi sur le front sentimental.

Lorsque j'ai maladroitement abordé le sujet, Gerda m'a accusé de vouloir contrôler sa vie.

Début mars, accompagnée de Ted et d'une troupe de journalistes menés par Barea, le chef du bureau de censure, elle a photographié la première victoire arrachée sur le front de Guadalajara au nord de Madrid. Celle que les Républicains attendaient depuis près d'un an. Une image après laquelle tous les photographes couraient, moi comme les autres.

Mais, à la suite d'une faute de saisie, ses photos de soldats hurlant leur joie ont paru dans *Regards* sous le nom de Waro. Quant à moi, le reporter de guerre le plus expérimenté, je n'étais pas au front ces jours-là mais de retour à Paris, envoyé par *Ce soir* couvrir le Salon de l'Agriculture.

Quand on s'est revus rue Froidevaux au lendemain de son retour de Guadalajara, elle m'a raconté un après-midi d'horreur au cours duquel, faute d'avoir pu s'approcher des lignes, elle était tombée sur des cadavres de soldats italiens, des piles de Chemises noires. Elle m'a avoué avoir été très secouée, mais elle avait finalement su surmonter ce choc. À trop brasser les cartes de ce poker sentimental, j'ai pensé qu'elle m'annonçait une autre de ses victoires émancipatrices. Elle n'avait plus besoin de ma consolation.

En tout cas, ces photos de Guadalajara, je ne veux pas qu'elles figurent dans le livre. Et quand Léon me demande pourquoi, je lui rétorque d'un ton sans réplique :

– On les a trop vues… En plus, elles ne sont pas terribles.

Léon sourit comme s'il percevait qu'elles sont surtout un trop mauvais souvenir.

Je me rappelle qu'à Madrid, au cours de ce mois de mars, j'ai souvent entendu dire que Gerda était la plus élégante des photographes de guerre. Les haut-parleurs de la propagande aimaient à répéter qu'elle montait au front en talons hauts. Cette anecdote est une pure légende. Cela soutenait, paraît-il, le moral des troupes.

J'avais constaté qu'entre août 1936 et mars 1937, ses codes vestimentaires avaient changé. Au début, lorsqu'on suivait les miliciens à Barcelone, en Aragon, au quartier général d'Espejo près de Cordoue, Gerda allait chaussée d'espadrilles, portait comme la plupart le *mono azul*, l'uniforme bleu de chauffe de la milice. Le triomphe du rustre. C'était une question de survie. À être trop bien nippés, poupée de luxe et philistin en costume repassé de frais, nous aurions risqué d'être pointés du doigt : « Bourgeois ! Fascistes ! » Être fusillés. Et, pour notre ordinaire, nous mangions la poussière, nous roulions de barrage en barrage, bringuebalés dans la fournaise de l'été, nous dormions par terre.

À l'hiver 1936, les communistes et le NKVD soviétique avaient reconstitué une oligarchie. À Madrid, les nouvelles élégances se risquaient. J'admets, l'atelier Capa & Taro avait du chien. Entre les réfugiés, les réquisitionnaires, le marché noir, Gerda n'avait pas eu de mal à dénicher des paires d'escarpins à son pied, des échancrures créatrices de sensations au bar Gran Vía, l'abreuvoir du gratin révolutionnaire : officiers, espions et commissaires, journalistes, écrivains et poètes, officiels étrangers, vedettes et ballet de danseuses d'un théâtre bombardé… Gerda s'y affairait, sa gaieté malicieuse virevoltait au milieu de cette troupe de pieds tendres, d'ahuris inflexibles, de crapules et de tueurs.

Madrid était devenu un théâtre des désillusions où la capacité de séduction de Gerda croisait sa volonté affichée de plaire, ce que j'appréciais autant que les officiels appréciaient les bulletins militaires, l'euphorie quelque peu forcée. Je conférais à cette danse sa part de combat pour l'émancipation que je prétendais soutenir, sauf quand cela me renvoyait à notre séparation physique, même si nous étions inséparables en tant qu'atelier Capa & Taro.

Ma complaisance avait ses limites. Pour fuir Madrid et ce ballet fantomatique, j'ai accepté d'autres destinations : Perpignan, un foyer d'enfants réfugiés ; Bruxelles, lors des élections.

D'un train à l'autre, de salle d'attente en buffet de gare, je surmontais les heures interminables. Sous la stridence et le martèlement des locomotives, l'odeur fétide des wagons envahis d'escarbilles de charbon, je pensais à elle. À la photo qui nous avait unis, nous avait fait grandir et qui maintenant nous séparait. Je refusais ce constat, je ne songeais qu'à le contredire. Je ne savais pas comment.

Les jours passent. Covici me prévient de l'arrivée prochaine de Jay Allen.

Avec mon copain de Berlin, Ladislaus, nous arpentons les rues de New York. À Central Park, il y a encore des laissés-pour-compte de la crise de 1929, des familles qui campent sous des abris de fortune, des toits en carton. Une inscription indique *Hoover Ville*, du nom de l'ancien président. Plus loin, des boutiques bardées de panneaux aguicheurs vantent leurs liquettes à cinquante cents. Je songe à mon père, au quartier de Pest où j'ai grandi, je songe aussi qu'à Berlin et partout en Allemagne, ce genre de boutiques de tailleurs juifs ont été saccagées.

Nous déjeunons au hasard dans une gargote où flotte une forte odeur de chou.

Assis à la table voisine, un gars en débardeur aux bras marqués de tatouages nous entend parler et nous entreprend. Lui aussi a fui la Hongrie et le régime fasciste de l'amiral Horthy, il travaille sur les docks. Il nous déconseille de traverser Black Harlem, il y a eu des émeutes.

– C'est pas pour les Blancs. Juste pour les dingues, les candidats au suicide.

Je réponds que je m'en fous, je suis déjà à moitié dingue à cause de la guerre.

– Comment ça, quelle guerre ? demande le docker en se grattant le ventre.

– Espagne…

J'explique que j'ai traîné là-bas le long de la rivière Jarama, un coin qu'on appelle la colline du Suicide avec les gars de la brigade Abraham Lincoln. Beaucoup venaient de Harlem, je me souviens de quelques noms, Walter Cobbs, Tom Page, James Cox... Tous m'ont dit que je ne pouvais pas venir à New York sans faire un tour sur la 142ᵉ, pour son marché, ses restaurants, ses clubs, bref, tout le folklore.

Le docker n'a pas l'air convaincu.

Ladislaus renchérit. Le gars qu'il a devant lui a couvert les combats des faubourgs de Madrid. La déroute de Málaga, le carnage de Ségovie, la boucherie du mont Sollube, les bombardements de Bilbao... L'émeute à la Bourse de Paris, la grève générale à Paris de 1936, les castagnes ouvrières. Le passage à tabac par la police suisse d'un journaliste espagnol devant la Société des Nations. Le foudroiement d'un milicien anarchiste lors d'une attaque sur la côte de Cerro Muriano...

– Le spécialiste de la dérouillée, de la photo coup de poing, la mort prise sur le vif! insiste Ladislaus.

Le docker ricane, de sa vie, il n'a jamais entendu pareils affabulateurs.

Un matin, comme prévu, Jay Allen s'engouffre dans ma chambre les bras chargés d'un panier de pique-nique et de trois bouteilles de vin français. Au souvenir de son atterrissage à Bilbao, je ne fais aucun commentaire.

Nous partons vers les rivages de Provincetown où Myles Standish et les premiers pèlerins du *Mayflower* ont débarqué en novembre 1620. Amen.

Des fois que ne m'échappe la dimension historique de ce pique-nique, Jay me bassine sur le chemin de la gare que

Gerda et moi sommes d'ores et déjà entrés dans la légende. Le restaurant du Gran Vía de Madrid va devoir apposer une plaque pour rappeler aux pèlerins communistes qu'ici même, le 8 juillet 1937, le journaliste du *Chicago Tribune* Jay Allen a aperçu pour la première fois Gerda Taro assise dans une alcôve entourée d'une bande de correspondants français. Un guide assermenté la lui aurait désignée avant de lui confier contre une peseta ce qu'il savait déjà : elle montait au front dans le feu de l'action en talons hauts, avançait avec les troupes pour faire des photos stupéfiantes.

– Mourir à vingt-cinq ans, soupire Jay.

Je ne le contredis pas sur l'âge de ma blonde. Vingt-cinq ans, ça sonne bien. À quoi bon rectifier qu'elle a été enterrée le jour de son vingt-septième anniversaire. La légende, Bob, la légende.

Le paysage défile.

Jay regrette de ne pas lui avoir parlé, de ne pas avoir entendu la voix de « l'alouette de Brunete » lui chanter les louanges de la révolution. Il me le dit et me le répète. Le buffle n'a pas osé, face à elle, la légende en chair et en os.

Gerda n'était qu'une photographe de plus au milieu de la troupe des correspondants. Les rédacteurs ont de l'importance surtout lorsqu'ils s'appellent Hemingway ou Dos Passos. Les photographes restent des petites mains. Du haut de sa superbe du *Chicago Tribune*, ce que Jay a vu d'elle est extrêmement réduit : un visage grave, prompt à sourire, prompt à s'assombrir à nouveau, des cheveux roux, ordinaires, tant qu'ils ne passaient pas dans la lumière… Je constate qu'il est apte pour l'exercice d'admiration. Que peut-il raconter d'autre ? Qu'on ne compte pas sur moi pour écrire un seul mot à la gloire de Gerda, je n'y arriverais pas.

Jay me demande si je me souviens d'une formule, d'une sentence qui pourrait s'inscrire dans la légende. Manifestement, il veut entendre une version de l'histoire dans laquelle il y aurait le bien, le mal, et surtout rien qui ne tienne de la complexité, de l'absurdité, de la déloyauté, de la douleur d'être encore en vie.

Il me revient une phrase de Gerda.

– Elle a dit : « Quand on n'est pas à Madrid et qu'on en parle, qu'on raconte l'atmosphère, la fierté, l'intensité qu'il y règne, très vite on a l'impression d'en rajouter comme s'il s'agissait d'une sorte d'affectation… »

– Quand ?

– Le 9 juillet.

Je dis ça au hasard… Il note la sacro-sainte phrase tandis que je regarde l'océan. Et quand il a fini, j'ajoute :

– Puis, elle a dit : « Dès qu'on revient à Madrid, on se rend compte que tout est vrai. Et quand on pense à tous les gens bien, qu'on a connus et qui sont morts, ne serait-ce que dans cette seule offensive, on a le sentiment absurde qu'il est déloyal d'être encore vivant. »

Elle parlait de l'offensive de Brunete. Et elle y est restée.

– Mets cette phrase dans ta préface.

Jay finit de griffonner sur son carnet.

– Elle y sera ! Elle y sera !

Sur sa civière à l'hôpital britannique de campagne d'El Escorial, elle s'est sûrement éteinte avec le réconfort d'être loyale à la cause. Ça lui ressemblerait.

Moi, je pense qu'au contraire, elle a été déloyale de mourir. Mon seul réconfort est de savoir que c'est dans notre nature d'être déloyal, cela prouve qu'on est vivant. Au moins, sa dernière déloyauté, celle de ne pas être venue me rejoindre à Paris avant de nous embarquer pour la Chine, me dit ce qu'elle était vraiment : une femme, pas une légende. Pour le reste, rien ne la ramènera jamais. Et je n'ai pas assez de foi pour espérer la revoir au paradis des légendes.

La fenêtre du wagon cadre le paysage, quelques maisons de bois, des dunes et des rochers, des arbres tordus, des touffes d'herbes folles et plus loin, sous un vol d'oiseaux de mer, l'océan d'un bleu sombre. Le train ralentit, siffle, entre en gare. Jay ferme son carnet, range son crayon, ramasse son panier de pique-nique, on descend.

Provincetown apparaît au bout d'une bande de terre, un petit port de cottages blancs enchevêtrés en bord d'océan. Il y a une jetée. Le soleil chauffe le ciment et au loin le lent assaut des vagues est brisé par une longue ligne de sable en arc de cercle.

Jay jubile. Il pense tenir sa préface. Il a déjà écrit des pages sur son voyage à Bilbao. Parti de Saint-Jean-de-Luz, son vol au-dessus des montagnes violines pourrait composer un prélude plein de couleurs et de sensations avant son atterrissage à l'aéroport de Sondika où nous nous sommes vus pour la première fois.

– C'est assez littéraire, dit-il.

Il me demande si cela me convient.

Je le rassure. Il a toute ma confiance. L'espace d'un instant, je crois pouvoir échapper à ses questions.

Comme nous avons déjà vidé une première bouteille de son merlot, je me mets à raconter des bribes de ma vie à Budapest, la castagne avec la police montée et mon voyage à pied entre Prague et Berlin. Et qu'avec Gerda nous nous sommes connus en Allemagne. À la deuxième bouteille, voilà qu'elle et moi avons fui ensemble jusqu'à Paris, où nous sommes arrivés avec deux francs en poche. Nos semelles ont souffert. C'est faux, totalement faux, je l'ai connue à Montparnasse, mais je m'en moque. Jay veut entendre la légende.

Pieter le riche importateur de coton américain, pas plus que Georg, avec son refus de lui infliger une vie d'épouse de médecin brigadiste, ne peuvent figurer dans le tableau. Jay n'y comprendrait plus rien. Personne ne voudrait d'une telle préface. Je suis comme tout le monde. On préfère mentir que de s'avouer cocu.

– Et pour vivre, comment faisiez-vous ?

– Des photos…

À quoi bon dire que je l'ai convaincue de faire de la photo pour la voir plus souvent. C'est ridicule. Je ne peux raconter qu'elle n'a pas toujours été la grande photographe révolutionnaire qu'elle est devenue. Nos tribulations, nos manigances, nos inventions pour survivre sont aussi inavouables que contre-révolutionnaires, comme on dit à Madrid.

Jay gobe tout ça comme les œufs durs qu'il a apportés. On boit encore un coup. Il m'avoue qu'il avait soif de savoir ce qui se passait vraiment en Espagne, et qu'il considérait ce pays comme le sien.

Moi aussi, j'aime l'Espagne qui me rappelle la Hongrie, le chant profond gitan sonne comme un violon tsigane.

– Tu sais Bob, je voyais bien qu'on nous mentait.

En juillet 1936, au début du soulèvement, Jay vivait à Torremolinos près de Gibraltar.

– On ne savait pas grand-chose. Oui, les calomnies de la presse anglaise, la « presse impériale » comme on dit. Tu comprends ? Que des calomnies, aussi navrantes que la joie de ceux qui annonçaient l'imminence de la révolution mondiale…

Oh, il savait, dit-il, qu'une révolution de droite qui échoue ouvre la voie à une révolution de gauche. Et ce serait sanglant. Il avait vu et entendu les pelotons d'exécution, à l'aube, cela au nom de la loi et de l'ordre. Et, de l'autre côté, un peuple qui se battait pour sa vie. Mais cela ne se résumait pas uniquement à l'émeute, au ramdam, à la boucherie. Pour Jay, la presse de droite décrit la République comme une bande d'assassins. La guerre est une sale affaire. Et quoi qu'on dise, on reste toujours en dessous de la vérité.

Moi aussi, j'étais plein d'illusions au début. Et je m'étonne d'avoir pu traverser tous ces événements.

Sur le terrain, saisir ce que raconte le moment m'occupe l'esprit. Je ne pense à rien d'autre. Je développe une sorte d'emprise et d'invisibilité. Je sens venir l'instant décisif, comme dit Cartier.

Je presse le déclencheur, j'arrache, puis je m'échappe.

– Je me souviens des premiers reportages sur la guerre, publiés dans *Vu* et dans *Regards*, dit Jay. Là, j'ai reconnu l'Espagne que je connaissais. Et c'était presque toujours en photo, des photos signées Robert Capa, parfois Gerda Taro. Je vous ai cherchés à Tolède à la fin du mois de septembre, j'espérais vous rencontrer. On m'a dit que vous étiez en Aragon.

Non, nous étions retournés à Paris. La direction de *Vu* ne nous considérait pas comme des légendes, mais comme deux débutants un peu trop acquis à une cause qu'elle ne partageait pas. Je n'ai aucune envie de parler de ça.

Jay m'observe avec son œil interrogateur, comme suspendu à mes lèvres, il faut vraiment que je dise quelque chose, mais rien ne vient sinon cette phrase.

– Tu sais, c'était ma femme…

– Et ses parents ?

– Je ne les ai jamais fréquentés…

Je ne dis rien des accusations proférées contre moi le jour de l'enterrement sous le coup de la douleur. Je sais que je n'ai pas la tête du gendre idéal. Je concède uniquement à Jay qu'elle est née dans une riche famille de Stuttgart, ce que Jay trouve à la fois émouvant et grandiose compte tenu de sa fin héroïque.

Il soupire :

– Et dire qu'elle repose maintenant près d'Henri Barbusse… Barbusse était un communiste authentique, insiste Jay.

Ces plumitifs américains ne manquent jamais d'étaler leur brin de culture française.

Et pour étoffer la légende, j'ajoute :

– Gerda a appris l'anglais en lisant Dos Passos… *1919*, dis-je.

On avait rencontré Dos Passos à Madrid à la fin de l'hiver, au moment de la bataille de Guadalajara, la première victoire républicaine. John était correspondant de guerre et bien que pacifiste, il faisait le tour des tranchées avec son petit cartable en cuir.

Gerda appréciait la façon que John a de raconter le monde par télescopages. Donner une impression de globalité par des effets de montage littéraire. Un montage qui tient du cinéma d'avant-garde. Ce livre de Dos Passos l'avait impressionnée.

En Espagne, nous sommes face à une histoire qui dépasse le cadre de l'image, du récit. Raconter la guerre d'Espagne, c'est comme vouloir raconter l'Amérique. *Death in the Making* montrera des fragments qui ne sont pas seulement des faits, des situations, des idées, une esthétique, mais aussi quelque chose d'objectivement humain. Même si au fond ce qui compte pour moi, c'est son hors-champ sentimental.

J'évite de préciser à Jay que la légendaire Gerda Taro a étudié le français et l'anglais en Suisse sur les bords du lac Léman dans une école de commerce. Sa tante l'y avait envoyée après le baccalauréat apprendre les conventions, pas l'émancipation, encore moins la littérature prolétarienne d'Henri Barbusse.

Mais Jay semble surtout comprendre qu'il m'emmerde à remuer mes souvenirs. Comme il n'est pas totalement idiot, il promet que sa préface ne sera pas de ces nécrologies pleines de pompes comme fut l'enterrement de Gerda, une procession interminable de Saint-Lazare au Père-Lachaise. Si hommage il y a, ce sera au peuple espagnol, jure-t-il.

Le silence qui suit souligne que j'en ai assez. Pour l'heure, je n'ai envie que d'une sieste andalouse, tête enfoncée dans les épaules. Jay paraît mal à l'aise de torturer un veuf. Il m'offre une cigarette, se met à bredouiller des souvenirs : Hemingway, la corrida de Pampelune et de San Sebastían. Au loin, un banc de baleines fait soudain diversion, ondulant au ras des vagues, tandis qu'un vol de mouettes nous bombarde d'excréments.

Nous levons le camp en direction du village. Jay me propose de rester deux ou trois jours avec lui, le temps qu'il rédige son texte. L'un de ses amis a mis sa maison à notre disposition. Je réponds que j'ai beaucoup à faire à New York. Je reprends le train du soir.

LA DEMI-HEURE PASSÉE dans l'antichambre de *Life* au mobilier Art déco de cuir et de bois vernis prend des allures d'éternité. Aux murs, pendent quelques-unes des couvertures des derniers numéros soigneusement encadrés : le président Roosevelt, l'actrice Jean Harlow, Harpo Marx, deux soldats japonais roulant des mécaniques... Léon a le visage fermé de ceux qui attendent l'ordre de monter en première ligne.

Wilson, l'assistant, survient et nous conduit au bureau du chef du service photo. J'imaginais un New-Yorkais distingué, Edward Thompson ressemble à un grizzly en chemise barrée par une cravate et une paire de bretelles. Sa grosse patte feuillette le numéro du 16 août, celui avec les campeurs du Vermont en couverture et la double-page en hommage à Gerda. Je finis par comprendre qu'il me grommelle des condoléances.

Léon déroule ses arguments qui ricochent sans trouver prise. Thompson a ce mot malheureux, que la traduction simultanée accentue. Il dit :

– Un peu risqué.

De m'expédier au casse-pipe ? Non, ce qui est *un peu risqué*, c'est d'envoyer un reporter avec une garantie de parution régulière d'un an sur un terrain où la guerre va tourner court. Les Républicains disposent de moins en moins de moyens. Officiellement, la France s'est alignée sur les positions britanniques de non-intervention. Et les Soviétiques limitent maintenant leur soutien en matériel.

– D'ici trois, six mois au plus, les Rouges…

Thompson balaie l'air d'un revers de main. Léon n'a pas besoin de me traduire. Le conflit espagnol reste très secondaire dans un contexte international tendu. Le grizzly explique d'un mot ce qui inquiète les Américains :

– Les Japonais.

À *Life*, la compassion a ses limites. Je sens un voile pudique jeté sur mes capacités à surmonter une épreuve personnelle. À l'heure qu'il est, je devrais être dans Shanghai encerclé par ces mêmes Japonais pour *The March of Time*. J'ai renoncé à ce voyage en Chine, j'en étais incapable, Rochemont y avait consenti : un deuil, c'est légitime. Mais vu l'importance de la proposition pour un novice comme moi en matière de film d'actualités, ajoutée aux accords passés entre Rochemont et *Life*, je comprends que c'est moi qui suis *un peu risqué*.

Léon me précise :

– Je suis en train de dire que tu es capable de photographier autre chose que la guerre.

Thompson caresse d'un doigt le revers de sa grosse main, conforté par le silence attentif de son assistant Wilson. Un doute passe. Aurais-je un ou deux sujets à proposer que *Life* puisse juger de mon efficacité par temps de paix ? s'amuset-il à demander avec une confusion qui empourpre ses joues déjà roses.

Rester sur le terrain des armes. Je repense à la proposition de Ted sur les volontaires américains. Je décoche dans le même souffle :

– L'American Legion…

Et même si la guerre en Espagne n'est que secondaire, ces *boys* y laisseront leur peau.

Je précise que j'ai traîné assez aux côtés des gars de la brigade Lincoln le long de la rivière Jarama et de la colline du Suicide pour savoir de quoi je parle.

Thompson grimace.

– Ils font une parade sur la 5e Avenue, dimanche, dis-je à Léon qui traduit.

Thompson soupire avant d'ajouter :

– Oui, je sais, mais c'est au mieux une image pour l'actualité de la semaine, pas plus…

Le chef de service a-t-il reçu des consignes ? À *Life*, comme à *Vu*, craint-on de perdre des lecteurs en prenant position en faveur des Rouges américains ?

Léon sourit, mais semble en perdition.

Le jeune Wilson vient à notre rescousse :

– Un sujet sur le sport…

Le grizzly dodeline et croise ses grosses pattes :

– Pourquoi pas… Le gymnase Stillman ? dit-il à Wilson. Des boxeurs noirs, ajoute-t-il. Une salle d'entraînement sur la 57e.

Ils ont un bon article, mais de mauvaises photos.

Pour un photographe de guerre, voilà qui sent la poudre, et les frais de reportage – un ticket d'autobus – sont moindres.

J'accepte :

– *How much ?*

Le métier de reporter de guerre, c'est surtout prendre des risques pour une poignée de clous. En avril dernier, au bar de Gran Vía, on ne parlait que de la présence d'Hemingway venu tourner *Terre d'Espagne* à la gloire du peuple espagnol. Un film de propagande censé influer sur la politique américaine en faveur de la République et récolter des fonds. Les autorités prêtaient leur concours. Des soldats de l'Armée du Peuple avaient même été réquisitionnés comme figurants. Ces facilités avaient éveillé des jalousies parmi les photographes.

C'est John Dos Passos qui nous a présentés. Hemingway a aussitôt proposé que je vienne avec Gerda sur les lieux du tournage faire des photos de plateau. Une diversion aux allures de distraction. Distraction doublement rentable, la presse française préférait ce genre d'images à celles d'un massacre anonyme sur une route bombardée. Et le soir, nous profitions d'une intendance plus copieuse qu'une assiette de pois chiche à l'huile rance – Ernest a le don pour le ravitaillement de premier choix dans une ville soumise aux restrictions. Quant à la poupée de luxe, elle papillonnait et se coulait au milieu de ces vedettes avec aisance. À la veillée, je ferraillais sur tapis vert avec le grand Ernest, ce qui m'a attiré sa sympathie.

Le Hollandais Joris Ivens, qui assurait la mise en scène du film, a vite noté que j'observais son travail avec attention et qu'en plusieurs occasions, j'ai fait des remarques qu'il appréciait.

– Tu serais un bon assistant, m'a-t-il dit.

Mon obsession de regagner l'amour de Gerda venait d'entrevoir un allié : le cinéma.

De retour à Paris à la fin du mois d'avril, je me suis présenté au bureau parisien de Time Inc. qui produisait des bandes d'actualités pour *The March of Time*, sans rien en dire à Gerda. Une bonne inspiration. Richard de Rochemont m'a reçu immédiatement.

J'ai évoqué mon sentiment d'être sous-employé par *Ce soir*. Louis Aragon privilégiait de plus en plus Gerda Taro à Robert Capa. Rochemont a admis qu'à l'heure de la victoire de Guadalajara, il était bizarre d'envoyer l'un des plus audacieux reporters de guerre au Salon de l'Agriculture. J'éludais toutes raisons personnelles, dissimulant mon désir brûlant de m'associer une nouvelle fois avec Gerda.

J'ai été convaincant.

Rochemont m'a confié une petite caméra 16 mm Eyemo. Quelques jours plus tard, il m'a remis, signée de la main de l'ambassadeur de la République espagnole à Paris, l'autorisation de filmer une grande offensive de chars qui se préparait. À Madrid, on saurait me dire où.

J'appelai aussitôt Gerda qui revenait d'Almadén et qui s'enthousiasma. J'ai senti que ce n'était pas qu'une question d'argent, le cinéma conjuguait quelque chose de grand, d'élevé, qui valait bien le Jockey Club de Stuttgart et l'Opel décapotable de son ancien fiancé Pieter, l'importateur de coton. Bien sûr, le sacrifice collectif imposé par la guerre rendait ce genre de distinction inconfortable. Et, à partir de ce moment-là, un treillis poussiéreux a remplacé subitement ses élégances madrilènes. À quoi bon les artifices de la mode, les galons de réalisatrice les surpassaient largement.

La coopérative Capa & Taro reprenait du service. À Madrid, j'ai été reçu en roi mage, les bras chargés d'une caméra, de films, de lampes, de café, de chocolat.

Afin de nous familiariser au maniement de l'Eyemo, nous sommes allés tourner des images dans une fabrique de munitions madrilène. Puis, le bureau de presse nous a fait conduire par un officier sur les lieux tenus secrets de l'offensive qui se préparait au nord de Madrid.

Là, au col de Navacerrada, près de Ségovie, nous avons passé quelques jours avec les bataillons qui se regroupaient, au milieu des chars et des estafettes, sous les ordres du général Walter, un Polonais qui commandait la 357e Division. La nationalité polonaise de Gerda facilita notre admission au sein du quartier général où nous fûmes invités à partager du poulet grillé façon bunker.

Depuis l'automne et la reprise en main par les communistes de l'appareil militaire, les femmes se voyaient plutôt reléguées à l'intendance. La jolie poupée en treillis militaire, coiffée d'un béret noir, concentrait tous les regards de la troupe de mâles endurcis, à qui elle me présentait comme son « mari ». J'étais aux anges.

Aux premiers feux de l'attaque, une balle perdue fit voler en éclats le pied photo de Gerda. Une heure plus tard, nous étions renvoyés à Madrid. Les franquistes, qui avaient eu vent de l'offensive, bombardaient les collines. Nous avions été trahis. L'objectif de soulager le front nord ne fut pas atteint malgré des pertes énormes.

« On ne filme pas une défaite », telle fut l'explication du général Walter. D'après lui, trop de monde était au courant des préparatifs, des femmes accompagnaient les troupes pour assister au combat comme à un spectacle…

Aujourd'hui, vues de New York, ces images ont un parfum de victoire. Une victoire personnelle. Celle du « mari ». Les tours et les détours de nos sentiments étaient passés par la forêt de Ségovie.

Une fois rentrés à Madrid, nous nous sommes retrouvés dans la même chambre et avons fait l'amour comme mari et femme, non avec la force de l'habitude, mais avec l'engouement de jeunes époux. L'incident de la balle perdue qui avait brisé le trépied de Gerda y était sûrement pour quelque chose.

Rétrospectivement, avait-elle ressenti ma présence comme celle d'un bon génie ? À moins que le frôlement de la mort ne lui ait rappelé que le temps n'était plus aux atermoiements. Dans ce ballet d'ombres de Madrid où se croisaient trahisons et tueries, la confiance, l'affection méritaient d'être protégées.

En découvrant la série de Ségovie, à l'agence Pix, Léon me lance :

– Ah, superbe ! Je te reconnais bien là !

– Eh bien, tu te trompes, c'est elle... Avec mon Leica. Moi, je tenais la caméra.

– Ah bon ? Dis-moi, elle faisait de plus en plus du Capa...

– Mmm... Toutes les photos de cette période doivent être dans le livre. Elles sont magnifiques.

À notre retour de Ségovie, Gerda rageait. La défaite militaire et notre tournage avorté alimentaient sa colère. Je lui ai alors fait une proposition. Dangereuse, mais spectaculaire.

Dans le quartier ouvrier madrilène de Carabanchel, des *dinamiteros* nettoyaient le secteur. La méthode restait des plus rustiques : des bâtons prestement allumés étaient lancés par-dessus les tranchées à l'aide de frondes. Sous la lumière crue des premiers jours de juin, nous avons tourné des plans de ces costauds en débardeur, pour la plupart des anciens des mines d'Asturies si habiles dans le maniement de la dynamite.

Je filmais. Gerda doublait les scènes au Leica, et inversement. Elle était inspirée et fit là ses meilleures images. Celles-ci ne seront pas dans le livre, *Ce soir* les a publiées en juillet dernier, ainsi que le *Schweizer Illustrierte Zeitung*, mais je n'ai pas pu les récupérer avant mon départ pour New York.

Début juillet, Rochemont m'a appelé à Madrid. Il avait reçu les rushes de la fabrique de munitions madrilène et ceux tournés à Ségovie, il voulait les intégrer à un film de vingt minutes intitulé : *Répétition générale de la guerre*. Je marchais sur l'eau, ce pari audacieux de nous élever au rang de réalisateurs de film d'actualités se concrétisait.

Rochemont m'a demandé de revenir à Paris collaborer au montage de nos séquences qu'il jugeait magnifiques. À mon goût, elles étaient quand même trop souvent statiques. Mais, sous la mitraille, comment réaliser des travellings et des longs plans-séquences ?

L'appel de Rochemont a coïncidé avec l'annonce de l'offensive de Brunete, les divisions franquistes avaient reculé de plusieurs dizaines de kilomètres. Notre euphorie a grandi à l'unisson des clameurs enthousiastes qui criaient victoire.

Prise par la liesse générale, Gerda ne pouvait imaginer ne pas être là pour couvrir ce moment. *Ce soir* ne le lui avait pourtant pas commandé. Aragon ne voulait que des images du Congrès international des Écrivains qui, porté par cette même euphorie, s'était déplacé de Valence à Madrid. Il y avait tout un parterre de personnalités : André Malraux, Tristan Tzara, Michel Koltsov, Ludwig Renn, Pablo Neruda, et tant d'autres venus du monde entier. J'ai fait jurer à Ted de la protéger, ce qu'il a promis, cet idiot. Et je suis rentré à Paris.

La bande d'actualités *Répétition générale de la guerre* a été présentée dans les salles américaines la semaine du 6 août, six jours après l'enterrement de Gerda.

À *Life*, je vois bien que Léon bataille sur le tarif. Il commence à me courir Thompson avec ses pattes d'ours mal léché et ses moues d'enfant gâté. Les photographes ne sont décidément que des presse-bouton.

J'entends la voix chantante de Gerda me dire : « Calme-toi, tu es à *Life*, Robert. » Je me renfrogne.

Wilson l'assistant me fait signe de le suivre. Il tient à me présenter Alexander, l'illustrateur maison. Un excentrique, me dit-il, qui tantôt prétend être né à Vienne, tantôt à Budapest. À son clin d'œil, je sens qu'il compte sur moi pour dénouer le mystère.

– Il est doué ?

– Très ! répond Wilson.

– Alors il est hongrois.

Alexander est un marrant, un zazou, un hirsute, qui ne manque pas de dégoiser sur Thompson le grizzly. Cet aparté en hongrois me détend.

– Tu connais Mili ?

– Non…

– Gjon Mili ! Le photographe ! insiste Alexander ; il ferait peur à un épouvantail.

– Non…

– C'est un Albanais. Si tu ne le rencontres pas, autant dire que tu n'es jamais allé à New York !

Léon nous rejoint et, après avoir pris congé d'Alexander, nous allons déjeuner. En chemin, il me répète que *Life* comme je l'ai compris ne s'intéresse que de très loin à la Guerre civile espagnole. Et, de surcroît, *Répétition générale de la guerre* aurait fait bondir le patron Henry Luce. Il aurait jugé les commentaires de Rochemont pas assez bienveillants à l'égard de Franco.

– Je n'ai rien obtenu de plus que la parade et les boxeurs.

– Tu lui as parlé du livre ?

– J'ai dû insister sur le fait que c'était un vrai livre, un projet novateur. Avec une jaquette, une préface ! Thompson a cru que c'était un livret de propagande.

Edward Thompson et Henry Luce ignorent pourtant que Gerda et moi avons tourné un film de propagande.

C'était au mois de juin. Deux semaines après l'offensive malheureuse au col de Navacerrada près de Ségovie. Au nombre des victimes, se trouvait le général Lukács, l'écrivain hongrois, que j'avais fréquenté lors de la bataille de l'université madrilène au mois de décembre dernier. Parmi les photos que j'ai apportées à New York, il y en a une de lui prise par Gerda à Ségovie. Sa figure est en partie masquée par l'ombre de la visière de sa casquette, mais je tiens à la voir figurée dans le livre.

– C'était un ami, tu comprends.

Léon ne s'y oppose pas.

L'enterrement du général Lukács eut lieu à Valence. Nous y étions. Au milieu des officiels, j'ai entendu parler d'une victoire dans le Sud, au village de La Granjuela, arrachée par le bataillon Tchapaïev, le bataillon des vingt et une nations.

Hasard des circonstances, pas si loin d'Espejo et du *Milicien tombant.*

J'ai pensé : faire un film…

Puisque les ordres étaient de ne pas filmer une défaite, pourquoi ne pas reconstituer une victoire ?

Les officiels ont trouvé mon idée pertinente. L'assaut avait été donné trois mois plus tôt, le bataillon se trouvait toujours sur place. Ce serait un simulacre. Mais je m'en fichais. Après tout, l'Armée avait fourni au grand Hemingway des figurants pour son *Terre d'Espagne*.

J'avais constaté que beaucoup s'arrangeaient avec la vérité. Les affrontements sanglants de début mai à Barcelone entre anarchistes, poumistes et communistes n'en étaient que l'une des très nombreuses démonstrations. L'idéal révolutionnaire avait cédé le pas aux intérêts des uns et des autres. J'étais rompu à l'hostilité autant qu'au désamour, j'étais décidé à composer avec les événements pour qu'ils servent la cause de mes sentiments.

Porté par mes convictions, je n'ai pas eu de mal à convaincre les officiels de Valence de nous confier cette mission de propagande. En matière de film, nous étions novices comme toute l'Armée du Peuple, ce qui était un atout. Rien ne comptait plus que l'attachement aux valeurs communistes. Sur ce point, travailler pour Louis Aragon valait un certificat de conformité idéologique. Et Gerda avait le chic pour la communication. À Valence, à Madrid, cela depuis l'hiver, elle fréquentait assidûment la nomenklatura communiste, entre autres : Michael Koltsov, Rafael Alberti et sa compagne Maria Teresa Léon…

Afin de nourrir l'ambition de Gerda et de contrarier tout soupçon de déviationnisme à mon endroit – je n'oubliais pas que j'étais l'auteur de l'icône anarcho-pacifiste –, je m'en suis tenu par contrat au poste de technicien à la caméra, la propulsant réalisatrice.

À ce moment-là, j'agissais intuitivement. Je ne pensais qu'à la mettre en valeur, sans bien mesurer l'importance que cela avait pour elle. Trop d'événements m'occupaient l'esprit. Et d'une certaine façon, ma passion m'aveuglait.

À New York, voir ce livre prendre forme sous mes yeux me fait percevoir cette part profonde, intime qui nichait en elle. Les conversations à son sujet avec Covici, Léon, Jay Allen y contribuent. Gerda est désormais une légende et cet album en est la preuve. C'est ce que Gerda souhaitait. Un succès éclatant en forme de démesure. Il n'y a pour moi aucune vanité là-dedans. Qu'elle ait été forcée à quitter une vie de luxe qui lui était promise en Allemagne n'avait fait qu'endurcir une volonté farouche de prendre sa revanche. À Paris, je l'avais connue réfugiée, vivant d'expédients. Et plus je contribuais à l'accomplissement de ce désir de revanche, plus elle s'attachait à moi. L'amour s'accompagne toujours d'une promesse de métamorphose. Les événements l'ont aidée, malheureusement, c'est allé trop loin.

À notre arrivée à La Granjuela, tenu par le bataillon Tchapaïev, un pique-nique a été organisé en notre honneur. La piétaille s'est attroupée, les yeux effarés devant la poupée de luxe qui se pavanait, un joli pistolet à la ceinture.

Le jeune commandant Otto Brunner, de nationalité suisse, qui ne voulait pas faillir à sa réputation, a hurlé :

– Espèce de troupeau d'ours ! Vous croyez passer à la postérité dans cet état de crasse ? Je veux voir tout le monde propre et rasé de près. Exécution !

On ne risquait rien sinon le ridicule à jouer à la guerre avec de vrais soldats à qui Gerda commandait l'attaque au porte-voix : « Coupez ! »

Otto Brunner nous regardait faire, les yeux rieurs, le sourire narquois, heureux de voir ses hommes profiter d'une telle récréation. Le bureau de presse nous avait fourni une grosse caméra difficile à manier, mais le résultat a été si crédible que Kantorowicz, le commissaire politique présent, jugea qu'une véritable attaque n'aurait pas été moins terrifiante.

Une fois le tout mis en boîte, j'ai eu le souci de donner un supplément de crédibilité à ce soi-disant assaut. J'ai proposé à Gerda de nous rendre sur la ligne de front à quelques kilomètres du village.

Ce même après-midi, j'ai pris cette si belle photo d'elle, appuyée sur la borne marquée PC, *partido comunal*, limite de commune. Gerda était d'une beauté ravageuse. J'ai éclaté de rire à la voir en vestale au-dessus du sigle du parti communiste.

Ma surexcitation était à son comble.

Nous nous sommes approchés au point que je discernais les sentinelles franquistes dans leur tranchée. Je les ai filmées, photographiées. Les deux brigadistes polonais qui nous accompagnaient pétaient de trouille. Ils nous ont suppliés d'attendre la nuit pour revenir au village. Ils avaient peur d'avoir été repérés.

Le film de La Granjuela traîne toujours au bureau de censure. Je ne sais ce qu'ils en feront. Mais moi le « mari », porté par l'euphorie qui n'avait rien à envier aux bulletins militaires républicains, j'ai dit :

– Gerda, si on se mariait ?

– Un contrat de mariage nous protégera des bombes ?

Il y a des désillusions sur lesquelles je préfère ne pas m'appesantir.

Le lendemain du rendez-vous à *Life*, je file en repérage jusqu'à la 57e du côté de l'Hudson. L'entrée du Stillman's Gym n'est qu'un étroit couloir sous une longue façade de briques rouges aux fenêtres aveuglées par des escaliers d'incendie. Au fond, il y a la salle avec en hauteur une promenade en forme de gueuloir où pendent les affiches de combats à venir. Tout est sombre, les murs, les plafonds. Une lumière sale est distillée par des ampoules malingres et des fenestrons grillagés aux vitres poussiéreuses. J'avise un employé, mais avec mon anglais de dernière zone, la conversation tourne court. Je comprends que le *boss* n'est pas là.

Je tente quand même quelques clichés à l'arraché.

À l'agence Pix, le négatif se révèle quasiment transparent, inutilisable. Constat prévisible.

Ma déconvenue ne trouble pas Léon qui a toujours en tête d'associer à la sortie du livre, prévue par Covici en février prochain, une exposition à New York. Il m'entraîne à la galerie Julien Levy sur Madison Avenue. Cartier-Bresson y a exposé voilà deux ans avec Walker Evans et le Mexicain Manuel Alvarez Bravo, des images présentées sous le titre : « La photographie documentaire et anti-graphique. »

Julien est un jeune excité, maigre, blême, qui connaît mes photos. Le fait que je partage un atelier à Paris avec Cartier le lance dans un long dithyrambe sur la poésie du réel. Il observe mes tirages avec intérêt.

– Voilà ce que j'aime ! C'est sale ! C'est brutal ! lance-t-il avec enthousiasme. J'en ai marre des jolies photos, du clair-obscur. Tout ce que je vois en ce moment, c'est banal, doucereux, du maniérisme de films hollywoodiens. Je me fous de la perfection d'une Garbo. Je dirais même que ça m'emmerde. Je défends la photographie brute, pas l'image aseptisée.

– Te voilà servi, dit Léon.

Effectivement, ça lui plaît que je travaille au Leica.

– Je suis contre la photographie artistique et contre ceux qui refusent d'utiliser un aussi petit appareil. Les enjeux esthétiques, qu'est-ce que ça veut dire, après Guernica ? Il faut balayer ça. Je veux voir de la photographie équivoque, anti-plastique, fortuite, immorale !

Tandis que Léon me traduit, je me souviens que Cartier a dit de Julien : il prône l'attitude de révolte.

Je rétorque :

– Dis-lui bien que c'est comme ça la guerre : équivoque, antiplastique, fortuit, et surtout immoral.

Peut-être devrais-je pour appuyer ma remarque raconter toute la vérité concernant le *Milicien tombant*, mais je me retiens. On en reste là. Ni promesse ni rejet, en dépit de ses convictions, Julien Levy donne dans le flou artistique.

En sortant, Léon murmure :

– Il est fou, ce gars-là…

– Et qu'est-ce que tu comptes faire ?

– Lui rédiger une note équivoque, immorale. Ça va peut-être le convaincre, me bougonne Léon, le doute au coin des lèvres.

Le soir, je retrouve Alexander, l'illustrateur hongrois de *Life*, qui est un amateur de jazz. Il paraît étonné qu'à Paris on connaisse ça. Non mais ! On a le Tahiti et le Petit Jardin boulevard de Clichy, la Boule Noire boulevard de Rochechouart, le Zelly's et le Bricktop's à Pigalle…

Après un tour dans Greenwich Village bâti de maisons basses comme n'importe quelle ville européenne, nous rejoignons une clique d'hirsutes dans un atelier. Non, un terrain vague, devrais-je dire, un abri sous un pont de chemin de fer sur la 33e Est où vit Gjon Mili l'épouvantail albanais, un va-nu-pieds à moustache, engoncé dans une veste qui tient plus du costume de King Kong que du tuxedo. Il y a là une brochette de musiciens, de peintres, de bizarres, de déglingués qu'un des gars manœuvre jusqu'à ce que quelques-uns d'entre eux cassent leur tirelire pour une partie de poker, tandis que les filles tournoient comme des toupies ou se saoulent à en perdre la tête.

Mili me montre ses photos. C'est un adepte de la multi-exposition où se superposent le réel et le fantasme, les machines industrielles et la grâce du banal. Il traque le geste, joue sur la répétition de corps en bouquet. Il hante surtout les cours de danse, certains de ses modèles sont d'ailleurs là. On est loin du fumet des pétaudières des brigadistes. Je danse, je fume, je bois, je joue et perds. Je traîne jusqu'à plus d'heure. Quand le jour vient, je me souviens soudain qu'on est dimanche et qu'aujourd'hui défilent les volontaires de l'American Legion.

Sur la 5e Avenue, près de la cathédrale Saint-Patrick, de maigres rangées de gars battent le pavé au son du tambour, alors qu'une masse compacte de badauds couvre les deux trottoirs. Disproportion troublante. Le roulement me serre le cœur, m'obscurcit l'esprit. Des serpentins tombent des fenêtres, des cris, des vivats, des bravos. Je n'arrive pas à partager la joie de la foule qui dans son innocence ne voit qu'un carnaval.

J'aimerais photographier cette parade depuis le ciel, une multitude, une armée. Pas une kermesse.

Je me demande : qu'est-ce que *Life* va pouvoir foutre de ces images ?

De retour au Bedford, je suis excédé. Quoi qu'en pense Léon, je n'ai plus guère d'illusion concernant un engagement à *Life* avec salaire, frais et avantages. J'avais en ligne de mire l'obtention d'un passeport américain pour lequel il ne suffit pas de s'inventer un nom qui sonne américain. Sans un contrat, c'est foutu. Je reste un apatride. La journée passe à ressasser ma hargne et une partie de la nuit à jouer au poker avec trois journalistes du Bedford. Je perds encore. En deux nuits, cinquante dollars.

Au matin, le standardiste me porte un télégramme de Paris : « Bandi, appelle-moi. » Mon affectueux surnom hongrois. À Paris, personne ne m'appelle comme ça sauf Eva Besnyő, ma voisine de Pest, pour qui je suis parti à Berlin. Depuis que je suis à New York, j'ai essayé plusieurs fois de la joindre.

– Comment va Bandi ?

– Énervé.

Je lui parle de ma déconvenue avec *Life*. Et du livre qui se prépare, mais me noue l'estomac.

– Elle me manque, tu sais.

– Je m'en doute. J'en ai parlé à John.

Son mari, John Fernhout, est un cameraman.

– Et alors ?

– John prépare un film avec Joris.

Joris Ivens, le réalisateur du film d'Hemingway que j'avais rencontré à Madrid au mois d'avril.

– Un film en Espagne ?

– Non, en Chine.

Je reste sans voix. J'ai les jambes coupées.

– Bandi, tu es toujours là ?

– Oui…

Percevant à distance mon émoi, elle reprend d'un ton sans réplique.

– Puisque *Life* te le refuse, eh bien, moi, je t'y envoie ! Tu ne vas pas me dire non ?

– Te dire non ? Je n'oublie pas que c'est toi qui m'as mis dans ce pétrin. Te rejoindre à Berlin, tu parles d'une idée… Alors que j'aurais pu vivre ma vocation, coudre des chemises pour dames à Buda.

Elle rit.

– Joris dit qu'il faut te remettre au boulot. Ça suffit comme ça, tu ne vas pas passer ta vie à te morfondre à New York.

Elle est comme ça Eva, vacharde comme une grande sœur, elle qui, à Berlin, m'avait fait engager par ce dingue de Simon Guttmann.

– C'est quand ce tournage ?

– Janvier. Tu seras assistant réalisateur, cinquante dollars par semaine.

– Épatant.

– Préviens-nous quand tu seras de retour.

À New York, la vie est chère, et je ne fais jamais mes comptes. Entre ce que j'ai laissé au poker, dans les bars de Times Square et d'ailleurs, j'aurais pu m'offrir la suite princière du Bedford, mais pour l'instant il faut que je paie la note et je ne peux décemment filer à la cloche de bois. Je dois retourner au gymnase Stillman, avec du matériel digne de ce nom. Je ne vois qu'une solution : la filière hongroise.

Kertész est rentré à New York et m'accueille à bras ouverts. Il s'est fait beau, a mis une cravate. Il m'annonce avec délectation que sa femme Elisabeth a préparé des poivrons farcis et des pommes de terre frites, il ouvre une bouteille de vin blanc.

Très vite, il ironise sur mes impressions de tourbillon. À New York, c'est toujours comme ça la première fois. Il feint de ne pas entendre l'indignation d'Elisabeth qui, au poids de mon malheur, essaie de tempérer l'apparente désinvolture de son mari. C'est une belle brune, visage sculptural, regard sombre.

Le maître est désabusé. Son contrat avec l'agence Keystone arrive à terme et ne sera pas renouvelé.

– Incompatibilité d'humeur, coupe Elisabeth.

Que le galeriste Julien Levy l'ait présenté comme la grande figure de la *modern European photography* n'empêche pas les conservateurs de musée de le bouder, inhibés par ses transgressions au regard de la loi sur l'obscénité. Dans la presse, il se heurte à l'esprit étroit des rédacteurs en chef américains qui préfèrent un monde sans ambiguïté. À *Life*, sa perception est jugée intellectuelle, sinon austère. Ses images trop ouvragées admettent mal, paraît-il, d'être recadrées, combinées à d'autres, au gré des nécessités, des fantaisies des metteurs en pages.

– Trop hongrois, dit-il en ramenant sa mèche brune d'un geste vif de la main.

– Que veux-tu, c'est la régie publicitaire qui décide de la ligne éditoriale, soupire Elisabeth.

Je souris. J'évoque la déconvenue de mon rendez-vous à *Life*, mon ratage au gymnase Stillman faute de flash dont, de toute façon, je ne sais pas bien me servir, je n'en utilise jamais, je suis un photographe d'extérieur, un reporter de jour, même si Kertész m'a appris à photographier de nuit.

– On y retourne ensemble. Je te ferai la lumière, dit-il spontanément.

Mon mentor sait très bien que je suis un débrouillard pas toujours à la hauteur, un juif hongrois qui joue et boit plus qu'il ne gagne, un orphelin de l'amour réfugié à New York, un marrant, un énervé, mais un type sincère que les hypocrites rançonnent.

Et ce n'est pas la première fois que dans cette noirceur ambiante Kertész fait la lumière.

Le maître est impatient de voir mon travail, cette année de guerre dont il ne connaît que les quelques parutions dans *Life* et dans le *Züricher Illustrierte* qu'il s'était procurés. J'ai apporté des tirages, une sélection des meilleures images. Il s'installe à la table, se tait, sourit parfois, ou hoche la tête avec une approbation que je sens respectueuse.

– La beauté du danger, dit-il.

Il observe une image du front de Huesca en Aragon, faite au mois d'août 1936, notre premier vrai contact avec la guerre :

des miliciens courent dans un champ de chaume coupé, l'esthétique du flou souligne le risque. J'y ai ajouté des photos de Barcelone, d'Andalousie, de Madrid, de Ségovie, ainsi que celles que Gerda a faites à Valence.

– Continue mon petit Endre. Tu es décidément le meilleur des reporters de guerre.

– Arrête, tu le mets mal à l'aise ! Il rougit ! s'esclaffe Elisabeth.

Il ajoute qu'il a contacté Covici.

– Il est drôle ce Roumain.

Ils ont parlé de la jaquette du livre. Kertész l'envisage des plus simples. La photo du *Milicien tombant* sera surmontée d'un bandeau rouge carmin où s'inscrira le titre en noir : *Death in the Making*, comme écrit à la main, avec juste au-dessous à droite, le nom : Robert Capa. Pour Covici, cette seule mention dit mon intention profonde. Ce sont mes souvenirs et ils m'appartiennent. À l'intérieur, en page de titre, il sera indiqué : « Photographies de Robert Capa et Gerda Taro. Légendes de Robert Capa traduites par Jay Allen. Préface de Jay Allen. Maquette d'André Kertész. » La couverture en carton sera recouverte d'une toile sable.

La couleur jaune me rappelle la terre d'Espagne, la typographie cursive du titre, nos légendes rédigées à la main sur les carnets gondolés, le bandeau rouge carmin, le sang…

Le lendemain, je l'attends sur la 57e. Mon regard glisse sur les silhouettes pressées qui vont, viennent, chapeautées de rigueur. Kertész surgit, chargé de deux gros sacs en cuir, de pieds et de lampes, il avance vers moi, sourire moqueur aux lèvres :

– Déjà là ? D'habitude, tu es en retard. C'est pour ça que je le suis aussi.

Nous entrons dans le gymnase Stillman.

Kertész avait appelé la direction, évoqué la commande d'une double-page dans *Life*. Les molosses musculeux n'en étaient pas revenus.

– Vous êtes bien sûr ? avait dit le patron plein d'une fausse candeur. Ici, il n'y a que des nègres…

Mais Kertész avait confirmé. Il viendrait accompagné d'une célébrité qui arrivait de Paris. Un photographe de guerre.

– Dans ce cas…

Kertész installe avec méthode ses lumières, trois gamelles sur des pieds métalliques, il les dispose, cherche une impression de clarté tombée de fenêtres imaginaires. Quand il allume, j'ai peur qu'il foute le feu à la baraque. La magie de la lumière fait le reste et personne ne rechigne à se croire, le temps d'un cliché, une vedette de cinéma.

Prévenus par la rumeur, quelques gars sapés pour un prix d'élégance, costume, chapeau, cravate et pochette, viennent sans qu'on les pousse se placer dans le champ, assis ou debout, ignorant avec superbe notre manège.

Kertész orchestre la prise de vue.

Cellule en main, il donne les indications d'ouverture de focale. Mesure la distance. Conseille sur la vitesse. Discute l'harmonie d'un cadre. Tant de scrupules me font sourire.

D'ordinaire, j'arrache. Les photos sont là, il n'y a qu'à les prendre.

Une jeune fille noire se mêle au jeu, les yeux à demi clos, tandis qu'un type sur une chaise, chaussures blanches, pantalon à revers et veste crème, se tient les mains croisées, le regard dans le vague. J'imagine que le soir, des combats clandestins alimentent la fièvre dans le feu des paris. Mais méfiants, les gars prétendent que non. Comme une attraction, un type en costume sombre et chapeau blanc nous joue les équilibristes assis sur la rambarde du gueuloir pour les besoins de la cause. Je lui préfère un poids lourd, en tricot à manches courtes, mains bandées, qui accepte de poser à condition que son gamin soit de la fête. Bras croisés, il plastronne au côté de son môme de cinq ans coiffé d'une grosse casquette.

Tout ça est beau comme un film noir, mais manque d'action. Je réclame un combat et, sur la foi de mes antécédents de reporter de guerre, le manager commande à un jeune de servir de punching-ball à un colosse qui sautille.

L'échange est rapide, violent. Le claquement des cuirs cingle comme des coups de fouet. Kertész fait ce qu'il peut pour éclairer le combat, mais les lampes éblouissent le sparring partner qui, aveuglé, vole bientôt sous un redoublement d'uppercuts pour retomber à genoux. Il s'effondre. On le relève doucement, il titube. Autour, tout le monde rigole ou applaudit. Le gars jette les gants, hébété, furax de s'être pris une trempe pour les besoins d'une photo. Le puncheur ricane, passe un peignoir à motifs géométriques, serviette sur les épaules, et vient s'appuyer contre le pupitre du livre d'or. Le colosse aux poings d'airain se soumet aux feux de la rampe, son regard de tueur perce sous la lame entrouverte de ses paupières mi-closes.

Nous remballons. Le manager vient me saluer, la fermeté de sa poigne me brise à moitié les os, mais je ne sourcille pas, lâche un petit compliment et meilleurs vœux de réussite pour les prochains combats de ses poulains, ce que Kertész traduit.

Le manager noir me scrute du coin de l'œil :

– Hum, photographe de guerre ? Alors on a dû vous paraître civilisés.

Je file à l'agence Pix, développe les films et le tireur d'élite assure les tirages. Léon se félicite que Joris Ivens veuille m'engager comme assistant. La Chine n'est pas un conflit secondaire. Quant à la série du gymnase, il la trouve très réussie.

Le lendemain, Léon m'accompagne aux bureaux de *Life*, mais Thompson le grizzly ne voit pas le travail du même œil : la lumière lui paraît beaucoup trop soignée pour un reportage. Quant à la parade de l'American Legion, le sujet est sensible. On me défraie, c'est tout, ce qui est très insuffisant vu ma note du Bedford. Léon est dépité. Kertész haussera les épaules.

– Nos nègres étaient trop propres, pas assez noirs.

La pression financière me décide à contacter Hemingway que je réussis à joindre à l'hôtel Florida où, me dit-il, il termine d'écrire une pièce de théâtre. Les dernières nouvelles qu'il me donne de Madrid sont mauvaises : l'absinthe frelatée, la fringale et les bombardements quotidiens. À quoi s'ajoutent des prisons désormais pleines d'anarchistes, de trotskistes. Une seule lueur dans ce tableau sinistre, une situation militaire plutôt calme. Le front coupe le pays en deux zones presque égales. Il circule même des rumeurs de paix.

– Et toi ?

Je l'embobine de mon mieux, le Papa. Je lui parle du livre, d'une montagne de tirages, tout ça pour la bonne cause. Et des deux commandes que Thompson ne publiera pas : « Sujets sensibles. » Je lui raconte que Joris veut m'emmener en Chine pour lui servir d'assistant, mais que je n'ai pas assez d'argent pour le billet de bateau jusqu'au Havre.

Le vieux renard ricane. *Life* craint d'être perçu comme un soutien des Rouges, ce sont bien des têtes de nœud. Il me souffle d'aller voir de sa part le Comité nord-américain d'aide à la Démocratie espagnole. Ces gens-là l'ont contacté pour un film sur les activités des hôpitaux américains en Espagne, il n'a pas le temps de s'en occuper.

– T'envoyer de l'argent ? Tu sais, ici, tout le monde me tape.

– La rançon de la gloire, Papa !

Chim, que je réveille à l'atelier de la rue Froidevaux, me répète qu'effectivement le front n'a pas bougé. Aucune offensive n'est annoncée. *Regards* veut l'envoyer en Belgique, un sujet sur les mines de charbon qui ne l'enthousiasme guère.

– On pourrait y aller ensemble. Ça te ferait un peu d'argent.

Une virée en compères, c'est engageant. Mais Chim n'a pas un sou et, incidemment, me rappelle que je lui dois deux mois de ma part du loyer de l'atelier de la rue Froidevaux.

Les bureaux du Comité nord-américain d'aide à la Démocratie espagnole ne ressemblent en rien aux officines révolutionnaires barcelonaises tenues par des agitateurs professionnels en guenilles. Un géant vêtu de blanc campe à l'entrée. Léon et moi sommes immédiatement reçus par une dame aux allures de femme de pasteur, émue de rencontrer une légende recommandée par le grand écrivain américain qui l'a appelée de Madrid. Hemingway est un sésame. J'accepte la commande de deux cents photos ainsi que quelques bobines de film sur leurs activités en Espagne. Il s'agit d'hôpitaux, d'écoles, d'aide aux malades, aux orphelins. La dame sort d'une armoire une caméra toute neuve que je n'aurai qu'à rendre à leurs bureaux de Barcelone et me lâche cent dollars en avance d'appointements.

Les gars de Pest sont des voyous. J'ai en stock des centaines de photos de blessés, d'orphelins, d'hôpitaux, à travers toute l'Espagne… Le bureau de presse des armées ne sait que nous fournir ces autorisations-là, pour ne pas dire qu'il nous les impose, faute de victoires militaires.

Sur le chemin du retour, Léon, qui est décidément un chic type, a perçu mon problème. Il me propose une avance, mais pas avant de lui avoir signé une exclusivité sur mes futures photos de Chine qu'il compte monnayer chèrement à *Life*.

Sa candeur a des limites.

– L'expansionnisme nippon inquiète l'Amérique…

Ainsi renfloué, je paie ma note du Bedford et prends un billet pour Le Havre. C'est en mer que je fêterai mon vingt-quatrième anniversaire. Il y a deux ans, ce même 22 octobre, Gerda m'avait offert un paquet de cigarettes américaines emballé dans du papier de soie. Toute la bande du Dôme était là, Fred Stein et sa femme Lotte, Ruth, Csiki, Chim, Cartier, Hans Namuth, Pierre Gassmann… Ça me paraît si loin.

Je range la caméra toute neuve prêtée par le Comité dans sa housse de cuir. Charles Reber l'un des reporters de *Ce soir* faisait dans sa culotte au moment de passer la frontière espagnole en ma compagnie au mois de mai dernier.

– Tes appareils photos, ces cons de gardes-frontières vont les prendre pour des armes nouvelles ! On va nous foutre en taule, nous fusiller !

– Oui, camarade ! L'image est une arme nouvelle, avais-je approuvé ; je suis un combattant internationaliste, voilà ma contrebande !

J'avais pointé mon œil du doigt.

– Et ça, ils ne vont pas me l'arracher !

À soupeser la caméra toute neuve du Comité, je repense au 13 juillet dernier à Paris. Gerda et moi étions assis à la terrasse du Dôme. Nous venions d'acheter son Leica chez un revendeur de Montparnasse recommandé par l'ami Pierre Gassmann, un Polonais comme elle, débarqué de Breslau, où sa mère avait tenu l'un des tout premiers laboratoires de développement.

Gerda était rayonnante, splendide. Elle avait quitté Madrid et les combats autour de Brunete pour me rejoindre. Moi, j'avais en main l'accord de Rochemont pour partir en Chine. J'imaginais déjà notre voyage en bateau à travers la mer Rouge et l'océan Indien.

Quelqu'un a crié mon nom. Oskar un brigadiste en permission, au bras d'Elisabeth son amie autrichienne, passait sur le boulevard. Je l'avais photographié à Madrid durant l'hiver devant une casemate au pont des Français. Encore que casemate ne soit pas le mot juste. Ce n'était rien qu'un amoncellement de valises réquisitionnées à la consigne de la gare.

Nous avons dîné, puis comme ni Oskar ni Elisabeth ne connaissaient Paris, nous sommes allés au bal à Montmartre. Place du Tertre, nous avons dansé jusqu'au matin au son de l'orchestre qui, pour une fois, ne jouait pas de musique militaire. Tous deux serrés l'un contre l'autre, avec les mots, les gestes, les baisers, les regards des amants.

Sur le chemin de l'atelier, à travers Paris, sous un ciel sans menaces, Gerda m'a fait part de ses désillusions. Les prisons s'emplissaient de militants anarchistes et trotskistes. Des camarades de la 13e Division, blessés lors des combats, étaient arrêtés au moment de récupérer leur certificat de démobilisation. Des brigadistes allemands étaient renvoyés de force en Allemagne où ils étaient incarcérés dans des camps. Elle s'est mise à pleurer.

– Il faut que j'y retourne.

– T'en as pas assez fait ?

L'offensive victorieuse de Brunete avait tourné court. Les forces républicaines étaient à genoux.

– Si c'est la fin, je veux être là.

Je ne pouvais pas l'accompagner, il me restait un tas de formalités à remplir avant notre départ en Chine.

– Juste quelques jours. À Madrid, je sais me débrouiller. Je serai de retour le 26.

– Tu feras quoi, là-bas ?

– Ne me dis pas ce qui pour moi a du sens ou n'en a pas ! C'est mon affaire.

Que pouvais-je répondre ?

Tant d'efforts, d'inspirations, de risques venaient d'aboutir à ce que j'avais tellement souhaité. Un peu plus tard, je lui ai même soufflé que de partir en Chine tous les deux, c'était comme se marier.

– Je sais…

Ses mots avaient balayé mes craintes, la sourde inquiétude de la voir changer d'avis.

Le lendemain, je l'ai accompagnée à la gare d'Austerlitz. Le Leica tout neuf pendait à son épaule, celui qu'on n'a jamais retrouvé. Foutu marchepied.

Jay Allen me téléphone de Provincetown. La préface, les textes des légendes sont bouclés. Il regrette que je parte sans même les avoir lus.

– Qu'est-ce que ça change ? Je ne lis pas l'anglais. Je te fais entièrement confiance. Tu n'as qu'à les donner à Covici.

Je passe saluer ma fratrie à qui je lâche quelques dizaines de dollars.

– Soit prudent Bandi ! soupire la Mère l'Oye.

– T'en fais pas, je ne vais pas virer communiste.

À l'agence Pix, tous les tirages sont prêts. J'ai recommandé à Kertész de conclure le livre par la dernière image que Gerda a faite en ma présence à Madrid au Congrès international des Écrivains début juillet : trois soldats qui brandissent au bout de leurs baïonnettes trois fanions pris à l'ennemi.

Mon cœur s'apaise de me savoir libéré de ma promesse de mausolée. Gerda sera toujours là. En mon cœur, en mon âme. Cette brève fraction de seconde, quand le bout de mon index presse le déclencheur et que s'ouvre le volet de l'obturateur.

Après une dernière tournée d'adieu au bar du Bedford, j'embarque, je quitte New York.

Début novembre, ma première soirée parisienne s'achève dans l'euphorie, en compagnie de Joris Ivens et de John Fernhout. Eva est là aussi. Avec mon sens de l'anticipation, j'affirme être cul et chemise avec *Life*, que Thompson le grizzly attend l'arme au pied mes images de Chine !

Quelques jours plus tard, Chim m'entraîne en Belgique. Des gueules noires surgissent des fosses insondables des mines de charbon d'où je crois revenir.

À mon retour, je tombe entre les griffes d'une splendide tigresse nommée Aicha qui prétend s'être évadée d'un bordel algérois. À la terrasse du Select, elle tente de m'assassiner à coups de carafe, mais j'ai la tête dure. Je sauve ma peau et file en douce à Barcelone où se croisent les invalides en béquilles, les marchands ambulants, les cireurs de chaussures.

Pour contredire Gerda, moi le voyou de Pest, l'emprunteur de génie, je tourne quelques bobines dans un hôpital, une école et un orphelinat financés par le Comité nord-américain d'aide à la Démocratie espagnole, ceci pour m'éviter des reproches d'outre-tombe.

Enfin, pas longtemps. L'annonce d'une grande offensive à Teruel entre Valence et Madrid où les forces franquistes tentent de couper en deux la zone républicaine me ramène sur le front. J'y arrive le 21 décembre en compagnie d'un détachement de *dinamiteros*. Hemingway, les journalistes Delmer et Matthews y sont déjà. La veille, les deux corps de l'armée républicaine ont fait leur jonction sur la crête qui domine la ville. Des cadavres partout. Au sol, et jusque dans les arbres, enserrés dans les branches. Des combats acharnés ont lieu en centre-ville, du côté du cimetière, du stade de football et, au sud, autour du bâtiment de la Banque d'Espagne où se sont retranchés près de quatre mille hommes. La neige et le mauvais temps limitent l'intervention de l'aviation ennemie.

Le lendemain soir, nous rentrons à Valence. J'expédie mes films et trois jours plus tard je reprends sous la neige la route de Teruel en voiture avec mes trois compères.

Cantonnés dans l'Hôtel de Ville au premier étage d'un bâtiment en partie détruit, entre les cadavres de mules et de soldats, nous manquons nous faire déchiqueter par des jets de grenades. Nous rampons comme des vipères lubriques. Au-dehors des explosions, au rez-de-chaussée, républicains et franquistes se frottent au corps-à-corps.

Sur la route du retour, dans la voiture conduite par Delmer, le grand Ernest me toise avec son ironie de littérateur désabusé.

– C'est gentil d'être revenu pour nous jeter dans ce merdier, grommelle-t-il.

Sur la voie en lacets verglacés par l'hiver, je me revois au côté de Gerda dans ce même genre de traquenard sous le soleil accablant de l'Andalousie. Le chauffeur espagnol fonçait vers le front qui chaque fois se dérobait, non sans amoindrir cette peur au ventre d'avoir franchi la ligne sans le savoir.

– Ernest, c'est pas pour toi que je suis là, c'est pour elle.

– Quel con ! T'as rien à lui prouver. À ton âge, quand on est veuf, on est un homme, bon Dieu !

– Tu as raison, Papa.

Teruel, c'est pire encore que les heures les plus sombres du siège de Madrid. Mais chaque soir nous rentrons à Valence où nous faisons bombance.

Hemingway bougonne, trouve la cuisine mauvaise.

– De quoi tu te plains ? lui dis-je en croquant une écrevisse, attablé dans la salle à manger de l'hôtel. Avec ce que tu as vu aujourd'hui, tu vas pouvoir écrire un roman, que dis-je, un best-seller ! Et moi, on va me donner combien ? À peine quelques billets pour mes vingt-cinq rouleaux. Résultat, je vais partir en Chine, toujours aussi fauché.

Ernest soupire.

– Mon petit, qu'est-ce que j'y peux? C'est moi le génie…

Delmer, qui connaît son bonhomme, abonde avec sa sournoiserie toute britannique.

– Il paraît que notre génie va écrire un roman sur la bataille de Ségovie. Il a déjà le titre…

– *Pour qui sonne le glas*, confirme Hemingway.

– La bataille de Ségovie… Tout le monde sait qu'Ernest y est passé en courant d'air. Hé ! Plus vite qu'une balle traçante… Sauf que les photos que tu as faites là-bas, Bob, vont l'inspirer. Ernest assure qu'elles posent très bien le décor, appuie Delmer.

– Quel traître, ce fichu Anglais ! râle Hemingway.

Le génie est ferré.

Après l'éclat de rire général, il est tenu de me lâcher deux cents dollars pour leur usage documentaire.

– D'accord, gamin, mais tu ne le répètes pas !

Il me fusille du regard, en me brandissant son énorme poing.

Le lendemain matin, le whisky corse la lavasse servie au petit-déjeuner. Magnanime, le grand Ernest m'accorde la faveur de pouvoir faire quelques portraits de lui. Il m'assure que ça vaut de l'or. Il a raison, surtout si des indiscrétions les accompagnent. Le rédacteur bien informé y dévoilerait le décor de la nouvelle œuvre en cours du génie américain. La bataille de Ségovie ! Hemingway, l'écrivain capable d'écrire un roman sur son quart d'heure passé au front.

De retour à l'hôtel Florida de Madrid, je trouve un télégramme de Covici. Le matois me réclame une ligne de dédicace pour le livre.

Que puis-je dire ? Ma pudeur prend le dessus jusqu'à l'aridité. Le sentiment est dans les images, pas dans les mots. Par télex, je lui renvoie :

« À Gerda Taro,
qui a passé un an sur le front espagnol
et qui y est restée.
Madrid, décembre 1937, R. C. »

Teruel est reprise par les Républicains au cours de la première semaine de janvier 1938. *Life* publiera mes images dans son numéro du 24, mon premier vrai reportage dans le magazine. Je ne verrai pas la parution avant mon retour de Chine. À Paris, j'emprunte de l'argent à Louis Aragon, ce qui est une prouesse.

Le 21 janvier, de Marseille, j'appelle Léon. Son enthousiasme fait chaud au cœur, il a le livre entre les mains. Il est superbe, notre enfant, il a les yeux de Gerda. Léon m'avoue s'être démené comme un diable pour que la *New School for Social Research*, une université privée de sciences humaines, située à Greenwich Village, organise une exposition de nos photos.

– À Manhattan, Bob ! En février !

Je n'y serai pas. En février, je serai sur le bateau avec John Fernhout en direction de Hong Kong.

CHEZ LE MÊME ÉDITEUR

VLADIMIR MAÏAKOVSKI

ma découverte de l'Amérique

PRÉFACE DE COLUM MCCANN
TRADUIT DU RUSSE PAR LAURENCE FOULON

En 1925, Vladimir Maïakovski (1893-1930), figure majeure de la littérature soviétique, se rend en Amérique pour y donner une série de conférences. Après une traversée en paquebot qui le mène à La Havane, il arrive aux États-Unis par le Mexique.

Fasciné par la modernité qu'il découvre à New York, Detroit, Chicago, par l'avant-garde artistique et les avancées techniques, il trouve sur le continent américain une illustration de son attirance pour le futur et la technologie. L'acier, le fer, le béton, le verre des mégalopoles et des usines sont les étendards de cette beauté moderne chère au poète futuriste. Mais Maïakovski n'en oublie pas pour autant ses préoccupations politiques et est frappé par les injustices sociales engendrées par le capitalisme insensible qui règne en maître.

Ma découverte de l'Amérique *offre au lecteur du XXIe siècle le portrait d'un pays en pleine croissance, mais à l'aube d'un bouleversement historique : la Grande Dépression.*

Il s'y dessine aussi une critique de l'Amérique, qui, comme le souligne le romancier Colum McCann dans sa préface, « continue de faire sens aujourd'hui – et peut-être plus encore depuis les événements de ces dernières années ».

Publié en 1926 en Russie, ce texte n'avait jamais été édité dans son intégralité en français.

Les reportages américains du poète russe datant de 1925 sont enfin réunis en français. Lyrique et décapant. THIERRY CLERMONT, *LE FIGARO LITTÉRAIRE*

CHEZ LE MÊME ÉDITEUR

JIM TULLY

vagabonds de la vie

autobiographie d'un hobo

TRADUCTION DE L'ANGLAIS (ÉTATS-UNIS) ET PRÉFACE
DE THIERRY BEAUCHAMP

Publié en 1924 aux États-Unis, Vagabonds de la vie *compte parmi les classiques de la littérature consacrée aux hobos, ces saisonniers américains qui voyageaient clandestinement sur les trains de marchandises.*

Jim Tully se frotta pendant plus de six ans aux trimardeurs les plus divers – et parfois les plus infréquentables. Il voyagea dans des trains postaux et des convois de marchandises, bivouaqua dans les « jungles » des vagabonds, assimila les us et coutumes des hobos, vécut de petits boulots et de mendicité, eut affaire aux forces de police, et vit souvent passer la mort de près.

Vagabonds de la vie *rend compte avec précision des mœurs, de l'éthique, de l'argot et, par-dessus tout, de la philosophie de ces hommes de la route. Avec ce récit, Tully s'inscrit dans les pas de Mark Twain et Jack London, représentants de la tradition littéraire vagabonde américaine.*

Fugueur à 14 ans, il vivra sur la route pendant six ans. Son chef-d'œuvre, enfin édité en France, a ouvert la route à Kerouac et à la beat generation.

LAURENT RIGOULET, *TÉLÉRAMA* TTT

L'ouvrage de Jim Tully, deuxième qu'il écrivit avant de continuer à en consacrer aux univers qu'il traversa – de l'orphelinat à Hollywood, en passant par les cases cirques, prisons et bordels –, dépasse largement le statut de précieux document : la langue y est vive, présente, et d'une incomparable justesse.

FRANÇOIS PERRIN, *LE VIF / L'EXPRESS*

CHEZ LE MÊME ÉDITEUR

MARTHA GELLHORN

j'ai vu la misère

récits d'une Amérique en crise

PRÉFACE DE MARC KRAVETZ, AVANT-PROPOS DE H. G. WELLS
TRADUIT DE L'ANGLAIS PAR DENISE GENEIX

1934 : l'Amérique est plongée depuis cinq ans dans la Grande Dépression. L'administration Roosevelt décide alors d'envoyer dans tout le pays une équipe de seize enquêteurs, composée pour l'essentiel d'écrivains et de journalistes. Charge à eux de rencontrer les habitants afin de compléter les statistiques sur la crise – et d'ajuster ainsi au mieux les actions à mener.

Martha Gellhorn (1908-1998), la plus jeune du groupe, accumule des semaines durant les interviews et enregistre tout ce qu'elle voit, tout ce qu'on lui raconte. Elle s'inspirera de ces témoignages pour retracer dans J'ai vu la misère *le destin d'hommes et de femmes de toutes les générations, confrontés au chômage, au déclassement, à l'intolérable pauvreté. De la vieille dame qui refuse de ne plus croire en un avenir meilleur à la fillette prête à tout pour pouvoir s'acheter des glaces et des patins à roulettes, les portraits dessinés dans cet ouvrage offrent l'un des témoignages les plus puissants de cette période noire de l'histoire moderne des États-Unis.*

J'ai vu la misère *appartient au rayon de la fiction, mais son contenu, tout ce qui en fait la chair, relève du reportage. On y découvre le talent de celle qui deviendra l'une des plus illustres correspondantes de guerre du XXe siècle et à propos de laquelle H. G. Wells écrit : « Je tiens Martha Gellhorn pour un écrivain véritablement remarquable. »*

Rééditer Martha Gellhorn, dans un très beau livre dont l'élégante maquette rend hommage à la qualité du texte, c'est en appeler à poursuivre ce travail, parler de la misère de façon singulière et humaine, pour qu'elle ne disparaisse pas des regards et des consciences, et qu'elle ne ronge pas silencieusement la société : c'est une œuvre de salut public. ALEXIS JENNI, *ÉTUDES*

Achevé d'imprimer en avril 2018,
sur les presses de la Nouvelle Imprimerie Laballery,
58500 Clamecy.
Numéro d'imprimeur : 803439

Cet ouvrage est imprimé, pour la couverture,
sur du Munken Polar Rough 300 g
et, pour l'intérieur, sur papier bouffant Munken Print White 90 g,
provenant de la gestion durable des forêts.